初耳怪談

テレビ大阪 著

角川書店

「初耳怪談」とは――

視聴者から募集した、まだ誰も聞いたことのない怪談を、人気怪談師たちが一発撮りで披露する。「失敗できない」緊張感と「初めて耳にする」新鮮さを持ち合わせた全く新しいコンセプトの怪談番組「初耳怪談」。本書は、番組に投稿された数多の怪談の中から、島田秀平ら十人の出演者が戦慄した選りすぐりの恐怖譚と、出演者たちが各話の考察、感想を語った「あとがたり」を収録した。

目次

構成　田辺青蛙
装丁　bookwall

島田秀平㊝怪談

島田秀平【しまだ・しゅうへい】

ホリプロコム所属のお笑い芸人。『手相芸人』として活動する傍ら、『怪談芸人』としても活動中。YouTube「島田秀平のお怪談巡り」・「島田秀平のお開運巡り」は両チャンネルを合わせると登録者数百万人を突破する人気チャンネルとなっている。

ホストに取り憑く霊

投稿者　汐見《しおみ》（顔出し絵師）
語り　松嶋初音《まつしまはつね》

汐見さんは十九歳からホストクラブで働いていたので、女性との関わりがとても多かったそうです。何年か働いているうちに、自宅にお客さんの女性を呼ぶことも増えるようになりました。

そんなある日、太客になりそうな女の子をなんとか家に誘うことが出来ました。でも、家の前に来るなり急に立ち止まり「えっ⁉」と言って驚いた顔をしました。「どうしたの？　玄関開けたから入りなよ」そういうと、女の子は怪訝そうな顔でこう言いました。

「あなた、誰かと一緒に住んでるの?」

「いや、違うよ。一人暮らしだけど」

「ねえでも、玄関開けた時に、白い女の人がいた気がするんだけど」

「いやいや、それって見間違いだよ、入って入って」

汐見さんはそう促したんですが「ごめんなさい、なんだか気持ち悪いから、いや」と言って女の子は帰ってしまいました。


その頃から、汐見さんが自宅から女性に営業の電話をかけると、「今、他の女といるでしょう」とか「なんで私と話してるのに、仲良さげな女の声がするの? 私のこと馬鹿にしてる?」などと言われるようになり、なぜか営業がうまくいかなくなってしまったんです。

それからしばらく経った頃、「占いをやっている」という人と偶然知り合いました。汐見さんは何気なく、最近ホストの仕事が上手くいってないことを相談してみました。するとその占い師は、「家に帰ったら、テレビ電話しておいで」と相談に乗ってくれることになりました。

早速その日の夜、テレビ電話を繋いで話をしていると、急に占い師から「ああ〜あなたの家に白い女がいる」って言われました。

そこで、そういえば以前家に来た女の子から、「白い女が家にいる」って言われた事があったなって、思い出したんです。

あんなやりとりがあったっていう事、あの子以外、自分を除いたら誰も知らない筈《はず》なんです。

なので、この占い師は本物だと思って「この部屋、やばいですか？」って聞いたんです。

すると、その占い師は「電話をしながら、キッチンの辺りにカメラを向けて映してくれる？」って言ってきたので、台所を映したんです。

そしたら「うわああ」と声を上げてから「ああ、キッチンに白い女の人がいるね。そこに立ってるよ。キッチンに何かあるんじゃない？」と言われ、「えっ」と聞き返そうとしたら電話が突然切れてしまいました。

その後、何度かけ直しても占い師に繋がらなかったんですが、汐見さんは自炊もしないからキッチンに入ることも少なかったんで、何かいたとしても「まあ、いいか」と思うことにしたんです。

とはいえ、ホストの営業が振るわないせいもあってホストを続けることが難しくなりました。さらに、金銭的なトラブル等にもあってしまい、汐見さんは精神的な疲労で体調を崩したため、経済的に住み続けることが出来なくなり、そこから引っ越しをすることにしたそうです。


そして荷造りや片付けをしていた最中に、「キッチンのシンクの上にある棚、そういえば全く開けたことがないな」と気が付いたんです。

だから何も入っていないだろうけれど、埃《ほこり》くらい拭《ふ》いとこうと思って開けました。

そしたら、どさっと大量に何かが出てきたんですよ。

床に散らばったそれは、歯ブラシとか女性の下着でした。

しかもどれも、髪の毛が絡まっていて、ネイルアートのパーツの破片みたいなものも混ざっていました。

汐見さん自身は入れた覚えがなかったので、誰かが入れたんだと思ったそうです。

多分、どれもこれもこの部屋に来ていた女の子たちの私物だったんでしょうね。引っ越しのために、これは残せないと思い、ゴミ袋に入れようと棚から出てきた物に触れると、とてつもない不快感で胃が一杯になって、トイレに行って、便器に突っ伏すようにして汐見さんはげえげえ吐きました。ホストだったこともあって、酒でやられて今まで何度も吐いたことはありましたが、過去に一度も経験がないほど酷《ひど》い嘔吐《おうと》だったそうです。

私がこの話を聞いた時、変だなと思ったんですよね……。

もし、キッチンの棚に入っていた大量の女性の物が、そこに憑いた生霊たちの物だったとしたら、キッチンに現れるのが白い服を来た女の人、一人だけというのは何か変だなと思う訳です。

一体、誰がしまっていたんですかね……?

すすり泣く声

投稿者　月の砂漠
語り　大赤見《おおあかみ》ノヴ（ナナフシギ）

これは投稿者の月の砂漠さんの友人、藤田《ふじた》さん（仮名）の体験談です。

北関東《きたかんとう》のとある町の支社へ、半年間、出向することになった藤田さんは、半年だけ引っ越しするのもどうかと悩み、現在住んでいる部屋は借りたまま、会社の近くに手頃なワンルームマンションを借りることに決めました。

不動産屋からすすめられたマンションは、会社のすぐ近くの物件で、半年間の短期契約でも借りられるという破格の条件で、喜んだ藤田さんは部屋の写真を見ただけで、内見もせずに契約を取り交わしたそうです。

出向で半年程度のことだからと、電化製品はすべて近所のリサイクルショップで中古の安物を揃え、なるべく荷物も減らして、次戻って来る時に負担がないようにしました。

おかげで、スムーズに引っ越しも終わり、床も拭き掃除を終えて一息ついた夜のことです。

ここでしばらく暮らすのかあ……と思いながら、藤田さんが晩酌でよい気分になっていると、どこからか「うっうぅぅ……うっうぅぅ……」と、子どものすすり泣く声が聞こえてきました。

こんな夜中に何？　虐待？　うるさいなあ。

と思いながら藤田さんは窓を開けて外を見回したのですが、どこにも子どもの姿は見当たりませんでした。窓を閉めると、また「うっうぅぅ……うっうぅぅ……」とすすり泣く声が聞こえます。

どこから聞こえてくるんだ？

何も入っていない押入れを開けても、天井まで見ても、すすり泣く声が聞こえるけど、子どもの影すらもありません。

隣の家からの反響？　いや、違うな。

泣き声は止まず近くから聞こえてくるようでした。もしかしたら、ここは事故物件なのか、と不安になっていると、またすすりなく声が聞こえます。

ひぃいいいいいん。ひぃいいいいいいい。ひぃいいいいいいい。ひぃいいいひっくひっく。

「ああもう！　引っ越し作業で疲れてんのに、どこから聞こえるんだ‼」

藤田さんが部屋の中で声を張り上げると、同時に「ごめんなさい、ごめんなさい……許してください。ごめんなさい、ごめんなさい……」という言葉が聞こえてきました。あちこち探し回り「どこだ！」と言うたびに「ごめんなさい」の声がして、しかも段々大きく聞こえるようになってきました。

「全くどこなんだよ！」再び声を張り上げると更に大きな声で「ごめんなさああああい、ごめんなさい、ごめんなさい、本当にごめんなさい……」こう聞こえてきました。

「もうこれは、今夜は眠れないな。だとしたら声の場所だけでも絶対に探し当ててやる」と藤田さんは思い、意識を耳に集中しました。

声を辿《たど》っていくと、脱衣所にたどり着き、そこには風呂場と洗濯機がありました。

「ごめんなさい……ごめんなさい……ひぃいいいん、えっぐ、ひっ」

しゃっくり混じりの子どもの泣き声を伝って、おそるおそる、風呂場の扉を開けましたが声はそこからではないようでした。

「どこだ！　いったいどこから聞こえてくるんだよ」

そして、次にここはないだろうと思いつつも、おそるおそる最後に残った洗濯機のふたを開けると、そこには青白い顔をした四歳くらいの男の子が入っていました。

「うわぁあああ」と悲鳴を上げると、その子どもはフッと消えました。

翌朝、不動産屋にすぐ電話をして、あの部屋で過去に何か事故がなかったか尋ねたのですが、ここは断じて事故物件などではないと、かなり厳しい口調で言われてしまいました。

でも、納得出来なかったので念のために、藤田さんは有名な事故物件サイトで引っ越してきた住所も探してみましたが、何も記録がないようでした。

隣に住む人にも、引っ越しの挨拶《あいさつ》も兼ねてこの物件で何かあったかと聞いてみましたが、なにもないということで、素振りも隠し事をしているようには見えませんでした。

他のご近所さんに聞いてもそれは同様でした。

「やっぱり猫の鳴き声か風の音の聞き違いで、あの子どもも新しい土地での生活を不安に思う気持ちが見せた幻だったんだ。わたしも意外とナイーブなところがあったんだなあ」

そんな風に前夜の体験を「あれは悪い夢だった、ここは事故物件ではない」と思い込むようにして、藤田さんは忘れてしまおうとしました。

なのに、夜にまた子どもの泣き声が聞こえてきました。

最初は小さな泣き声でしたが、少しずつ大きくなり、前夜と同じように音を辿《たど》っていくと、聞こえるのはやはり、洗濯機からのようでした。

また子どもがいるようなら、もうこの部屋には住めない。引っ越そう、と思いながら、恐怖心をこらえて、藤田さんがゆっくりと洗濯機のふたを開けると、前日と同じ男の子が入っていました。

「ひぃいいいい、うわぁぁぁ、ひぃひぃ、ひっくひっく」

子どもは恐怖に歪《ゆが》んだ顔で、しゃくりあげながら泣き続け、「許して、ごめんなさい、ごめんなさい、ごめんなさい、許して」そう叫んで、フッと消えました。

これを見て、もう耐えられないと思い、藤田さんは引っ越しを決意し、翌朝まで一睡もせずに荷造りをしていると、ピンポーンと、インターフォンが鳴りました。

誰だろうと思いながら出ると、眼光の鋭い男性が二人扉の前に立っていました。

「どういった御用でしょうか？」

何事だろうと困惑する藤田さんに、男性二人は刑事だと名乗りいきなりこう言ったそうです。

「お宅にある、洗濯機を見せていただけないでしょうか？」

藤田さんは夜の出来事を思い出し、どきどきしながら何故ですか？　と刑事に聞きました。

すると、二人いた刑事のうち、より年配に見える方が語りはじめました。

「実はですね、とある事件の容疑者が証拠隠滅のため、洗濯機をリサイクルショップに売りました。販売記録から調べて分かったのですが、それをあなたが知らずに買って、この部屋に持ち込んだようなのです。なので、型番を見せていただきたいのと、もし可能でしたらこの洗濯機が捜査に必要なので押収させていただけますか」

そう切り出され、藤田さんは刑事にそれは一体どんな事件なのかと尋ねました。

すると、刑事は少し言い淀《よど》みましたが、事件の詳細を教えてくれました。

「幼児虐待です。子どもが、義理の父親に暴行されて、この洗濯機の中で亡くなった疑いがあります。折檻《せっかん》と称して、日ごろから洗濯機の中に子どもを何度も閉じ込めていたそうです。子どもが亡くなっているのを確認後、事故だと偽って義父は警察に報告したようですが、近隣の住人や、子どものクラスメイトの発言から、洗濯機で虐待を受けていたことが分かり、そして容疑者を問い詰めたところ、先日虐待の内容と洗濯機内に放置していたところ亡くなっていたという供述を得られたので、確認のために洗濯機が必要なのです」

藤田さんは、それを聞いて全てを理解しました。

この家は本当に事故物件ではなかったんです。藤田さんはリサイクルショップから事故家電を購入して、家に持ち帰っていたんです。

藤田さんは、何も言わずに証拠物品として洗濯機の押収に応じたそうです。

島田秀平(薦)編　あとがたり

ホストに取り憑く霊

島田秀平《しまだしゅうへい》　ホストクラブを訪れた女性たちの思いが宿って生霊化してたのかと思ったけれど、なぜ一人の女性の白い姿なのかとか、そこに入れた記憶が自分にないっていう言葉でいろんな想像をしちゃいました。

松嶋初音　占い師から言われたアドバイスとかって、言われた自分に身に覚えがあるみたいじゃないですか。他の女の人に見つからないようにするためにしまってるはずだから。なのに全然合点が行かないままに、引っ越しの時に開けたら、そこにあってびっくりしたっていう投稿怪談だったので、じゃあ誰がしまってたのって。

島田　いろんなこと考えられますよね。自分で入れたけど記憶がなくなってるっていうのも考えられますけど、もしかしたらその女性たちが自分たちでそこに入れていくパターンもあるかもしれないし。白い服の女性は特に気になりますね。

松嶋　もしかしたらその一人だけがすっごい思いがある人なのかなとか、気になってこの怪談を語らせていただきました。

島田　途中の「〇〇ちゃんいるの?」っていう電話の向こう側の人が、知ってる人の声が聞こえてるってところがすごく引っかかったんですよね。

たっくー　キッチンの上の棚って気になりますね。料理する女性が開けるイメージがないですか。その女性が、私以外の女を入れないように痕跡《こんせき》を残すとか。だから女性しか開けないような場所に入れたりして、隠してるかもしれないですよね、何かを。

松嶋　家に来て料理してくれる女性がパカッて戸棚を開けたらもう……とか。

たっくー　料理してくれる人って相当な深い関係ってことですもんね。

松嶋　そういう人に見えるよう

に、っていうことかと思うとゾワゾワしちゃうなと。自分で入れてたなら、まだ現実的ですけど、片付けをしてる時は汐見さんは汐見さんじゃなかったのかなとか。

島田　でも、たっくーさんがおっしゃるように、色々遊んでてもいいと。それも含めてこの人のことを一番分かってあげてるんだって思ってるからこそ、そういう痕跡を自分が代わりに隠してあげてたっていう、もっと自分は大きく深く包んでるんだと思ってた女性がいたかもしれないしね。

原田《はらだ》龍二《りゅうじ》　でも結局今の話聞くと、そういった霊よりも人間の生霊のほうが怖いなっていう感じもしますよね。生霊って操れないって言うじゃないですか。自分が特定の人を恨んでても、生霊をその人に向けられない……。勝手に飛んでいくって考えると生霊って怖いなと思いますよね。

大赤見ノヴ　僕、その白い服の女の人って、霊感がそこまでない人が見たらそう見えただけなのかなって思ったんですよ。

島田　どういうことですか。

大赤見　霊感が強い人がその生霊を見たら、多分生霊の姿が服もこのまんまではっきり見えると思うんです。でも霊感が弱い人がパッて「あっ見えちゃった」ってたまたま波長があったかなんかで見えちゃった時って多分、女性っていうことぐらいしかわかんないと思うんですよ。だから幽霊の固定的なイメージで白い女って言ってるだけな気するんですよね。見え方については、霊感の強度でだいぶ変わんねやろなと思ってるんですけど。

松嶋　「零《ゼロ》」というホラーゲームのディレクターの柴田《しばた》さんっていう方がいらっしゃるんですけど、その方も見え方と霊感の強さっていうのは比例するって言ってて。お子さんと、柴田さん自身も見えたり感じたりとかする方なんですけど、お化けを見た時って結構ぼやけてるんですって。ピントが合わせられなくて。で、ちょっと目をそらして目の端で見ると、すごいガチって見える。でもちゃんとそこにピント合わせに行くと見えなくなっちゃうっていうことがあって。でもお子さんはめちゃくちゃ霊感が強くてすっごいはっきり見えるんですって。で、ご実家に二人とも見えているお化けが出るらしいんですけど、そのお化けを「どんな顔だった?」ってお子さんに聞いたら、「顔が上下ずれてる女の人が立ってる。ぐちゃっと」って答えたそうなんですが、柴田さんも目の端で同じものが見えているそうなんです。だから、ピントの合う合わないとかで見え方が違うっておっしゃってたんですよね。

島田　なかなか心霊スポットで幽霊が見られないって話がありましたけど。いつもしっかり見ようとしすぎなのかもしれないですね。見よう見ようじゃなくて、何となく見た方がバチンとピントが合うのかもしれませんね。

すすり泣く声

島田　泣き声が洗濯機から聞こえている、というのがわかったときにはもう怖くて。でも「うわー事故物件なんだ」と思っていたら、最終的には家電のほうだったという。子どもがね、「ごめんなさいごめんなさいごめんなさい」って言うぐらいのことがあったのかと思うと、本当にちょっともう、辛《つら》すぎるなっていう話でした。事故物件だけじゃなくて事故家電っていうものもあるんですね。

大赤見　らしいですよ。洗濯機を押収してもらったら、その日から声聞こえなくなったらしい。だから家は関係なかったんですね。

オカモトショウ　怖すぎますね、本当に。いや、なんかちょっとでも報われるといいなとは思いますけどね、その子どもの魂が。

響洋平《ひびきようへい》　最初僕も話を聞いてて、半年間のいわゆる定期借家ということだから、よくある事故物件の話なのかなと思いきや、家電のほうっていうのは意外でした。確かに非常に悲しい話ではあるんですけど、その子どもが「自分はここにいる」と訴えたことで、それでもし事件が解決とかに向かえばちょっと報われるかなというのは思いましたね。

島田　そんなことがあった洗濯機がめぐりめぐって中古で売られたりなんてこともあるんですね。確かに事故車っていうのもあったりするから、やっぱり物にもそういう思いっていうのは宿るのかもしれないですね。

牛抱《うしだき》せん夏《か》　いや、もういたたまれない気持ちになる。かわいそうすぎて。藤田さんが声の出どころを探してるじゃないですか。「どこだ」って大きな声を張り上げる度に、音が大きくなるっていうじゃないですか。だから多分、生前怒鳴られたときにきっと「ごめんなさいごめんなさい」って謝ってたんだろうなっていうので、途中からお母さんの姿がちらちら見えて、お話聞いてる間に。だから「あっ、義理のお父さんだったんだ」って思ったんですけど、お話の途中でお母さんがすごい隣の部屋を歩いてる感じが頭の中に入ってきて、多分お母さんに怯《おび》えてるんだろうなって思いながら。それでもう、とにかく怒鳴られることが怖くて怖くて、ずーっとそこで隠れて謝り続けてたときに、多分藤田さんじゃなくてお父さんに見えちゃったんだろうなと思って。あまりにもかわいそうすぎて、ちょっと聞いてられなくなっちゃいましたね。

松原タニシ　ちょっと別の話で、事故家電って絶対あり得るなって思ったことがあったんです。遺品整理の業者の方とか、そのアルバイト手伝いの方とか、それこそリサイクル回収業者の方とかってその部屋で何があったか知らない人が多いらしいんですよ。知ってるのは業者の社長だけだったりとか。なにも知らされずに遺品整理や特殊清掃やってる人が多いらしくて。あっこの洗濯機使えるなって思ったら、じゃあこれリサイクル業者の方に回しましょうかってのは全然あり得るなって思ったんです。中古家電の由来がわからないのは怖いなってのは思いますね。

大赤見ノヴ（ナナフシギ）薦怪談

大赤見ノヴ【おおあかみ・のう】

絶対に調べてはいけない名字の末裔。霊感が強い元僧侶の父から霊への向き合い方を学び自身も幾度となく実体験を繰り返す。小学生の時からクラスメイトの前で怖い話を喋っており、時を経た今では、他人が体験した話もまるで自身が体験したかの様に話す事ができる。三六五日怪談に触れる怪談社長。

仏間に潜む者

投稿者　ホク
語り　島田秀平

「仏間」は仏の間と書き、お寺では仏像が安置されている部屋、民家で言えば、仏壇が設置されている部屋、またはスペースのことを言います。この「仏間」、正しい扱い方がわかっていないと、よくないことがおこってしまうようなんです。

これは、不動産業で働く男性Aさんから聞いた話です。

Aさんはこの話をこう語っていました。

「未《いま》だに思い出すと、背筋がぞわぞわっとするんです。

もうあれほど怖いなって感じたことはないですね。事故物件とかは、結構自分平気なんですよ。だって、人っていつか絶対死ぬじゃないですか、自分も含めて。だから当たり前のことが起こった物件ってだけでしょう？

でもねえ、この体験談はそういうのと違うんです」

その日は物件の内見希望があったので、管理業者に鍵《かぎ》を手配して、現地で待ち合わせすることになっていました。

まだ駆け出しの頃で、少しでも成約数を増やしたいと焦っていた時期ってこともあって資料を作成したり、どういう手順でお客様に説明するかを何度も考えていました。

紹介予定の物件は、築二十年で、管理業者が言うには「持ち主が転勤中の間、賃貸に出している」という、人気のある沿線の三階建ての戸建てでした。

初めて案内する物件だったので、待ち合わせ時間より前に向かいまずは自分が下見をしてからお客様をお迎えすることにしました。

一階が駐車場と和室と浴室、二階がリビング、三階が寝室という三階建ての物件。内見用に作成した資料を見ながら軽くシミュレーションをして、玄関の鍵を開けて中に入りました。

すると、ずんっと重たい空気を感じ、辺りも人感センサーで電気が点《つ》いたのに何か薄暗いように見えました。

電気が切れかけているのか、薄暗いタイプの電球なのかな……？

そんなことを考えながら、下駄《げた》箱の中のスリッパを確認しようとしたところ、「内見用業者宛注意書き」と書かれた文字が目に入りました。

そこには「絶対に雨戸や窓を開けるな！」と赤字で書かれていました。

「なんだこれ？」と思いましたが、地主や家主によっては変わった方もいるという先輩の話を思い出しました。

薄暗いから窓を開けたかったのですが、そういうタイプの人が決めたルールだろうと受け止め、仕方なく諦《あきら》めてスマートフォンの灯《あか》りを頼りに下見を始めることにしました。

ギシギシと軋《きし》む廊下を進み、二階、三階をゆっくりと照らしながら見て回りました。

暗がりの中ではありましたが、きちんと片付いた広い部屋で、駅近くでもあったので、お手頃な物件のように感じました。そして、次に一階の和室へと足を進めました。

襖《ふすま》は立てつけが悪く、開けるときに少しガタつきがありましたが二、三度、左右にスライドを繰り返すと、すっと開いてくれました。

畳を替えてまだ間もないのか、青臭い藺草《いぐさ》のにおいが鼻を掠《かす》め、中に入って他の部屋と同じようにぐるっと辺りを見回しました。

和室は六畳の広さで、入って左側の、壁面全体に押し入れがあって一部が仏間になっていました。

収納部分の広さを確認するために押し入れを開け、次についでに仏間も確認することにしました。

その仏間なんですが、戸を開けて初めて仏間と解る作りになっていました。

最近の家なのに仏間があるのは珍しいと思いながら、戸を閉めた時……ぞぞぞっと寒気を覚えました。視線を背後に感じたのです。

もちろんまだお客様は来ていません。


でも、今現在誰かに見られているのが分かるのです。

視線というものをあれほど強く感じたのは、後にも先にもあの時だけでした。

怖い……。

なんだろう、すごく……怖い。


気持ち悪くなり和室を出ようとした時に、ふっと誰かに呼ばれた気がしたので振り向いてしまいました。

「うわあああ！」と思わず声が出ました。

天井におばあさんが四つん這《ば》いで、貼りついているのが目に入りました。薄暗い闇の中、背中が天井に吸い付いた格好で貼りついた白髪の老婆がじっとこちらを窺《うかが》うように見ていたのです。

いや、あの目からは、後で思い返すと何も感情を窺うことが出来なかったように思います。老婆は灰色がかった肌をしていて、皮膚が張り付いたように瘦《や》せこけていました。

ここにこれ以上いちゃダメだと感じ、その後、急いで家の外に出ました。

しばらくしてお客様が来て、内見を開始しました。

嫌だなあと思いましたが、プロだぞと自分に言い聞かせながら、物件に入りました。幸い、お客様はなぜか一階を見て回ることはなく、暗さについても気にならないようでした。

でも、気に入らない点がいくつかあったとかで、その物件は成約には至らず、残念な反面、正直もう行かなくて良いと思うとホッとしました。

グレーっぽい肌をした痩せた白髪の老婆、あれは一体誰だったのでしょうか。

そういえば、今思い出したことがあります。

仏壇を持って引っ越しする時は、お経をあげてもらわないとダメだそうです。お経をあげずに仏壇だけが移動してしまうと、その場に魂だけが残されてしまうからだそうです。

残された魂は、時間と共にだんだん歪《いびつ》になっていくそうで、仏とはいえない何かに堕《お》ちてしまうことがあるのだとか。

あの老婆がもしかしたらそうだったのかもしれません。

自分が引っ越した先の家に、仏間があったとき、そこにある仏壇が本当の意味で「引っ越し」をされたのか、魂が残されていないかどうか、一度、確認することをおすすめします。

フェス会場の黒い影

投稿者　日下部《くさかべ》
語り　ガンジー横須賀《よこすか》

これは、某ビジュアル系バンド主催のフェスに日下部さんが参加した時の体験談です。

その会場には、ステージが三ヶ所に設けられていました。

音楽フェスに参加した人なら分かると思いますが、大勢の人たちの熱気で会場はその場にいるだけでも汗ばむほどでした。

そしてフェスの後半になって、暗くて破滅的な演奏をするバンドが登場し、曲がはじまって少し経った頃のことです。

興奮で酸欠状態の人や、背中から湯気が出てるんじゃないかというほど盛り上がっている人たちの中で、自分も茹《ゆだ》ったようになっていたのに急に、悪寒がゾクゾクとはしり、鳥肌が立ちはじめました。

日下部さんはメインステージ前に友人と一緒にいて、後ろには動線のために空いているスペースがありました。周りの人たちはバンドの曲に集中しているので、誰も気が付いていないようでしたが、その右後方よりすごく『嫌な気配』が少しずつ音もなく『近づいてくる』と皮膚で感じていました。

あ、ああ……なんかくる、なんかきてる……。じりじりする……。

「なあ、あれ……」友人も同じように感じていたようで、気配の来る方向を指さしました。

それの、見た目は、某アニメの「カオナシ」によく似ていました。

でも「カオナシ」の白い顔に当たる、仮面部分がごっそりなく、手も見えず、足はありましたが真っ黒な影でした。

黒い影は、進んでは止まり、進んでは止まり、止まった場所の前にいる人の顔を覗《のぞ》き込み首をかしげ、違うと思ったのか、また進み別の人を覗き込むという動作を繰り返していました。

足音が聞こえたわけではありませんが、何かを引きずる気配を感じ、あれはよくない物だという予感がひたひたと忍び寄るように近づいて来ていました。

『やべぇ、マジで嫌だ』

少し進んでは顔を見る動作を相変わらず繰り返しながら、日下部さんのいる所に、少しずつ少しずつ距離が縮めて来ています。

『気持ち悪い、この場所を離れたい』

そんな感覚が頭の中でいっぱいになって曲も耳に入って来なくなりました。

そんな時、日下部さんはあることを思い出したんです。

昔ある人に、自分がそういった類《たぐい》を見た時、無意識に『はね返せる』といわれたことを。

『このままアレが進んでくれば、友人と僕は覗き込まれるだろうな。もし、アレに気に入られてしまったらどうなってしまうだろう……ようし、はね返せるならはね返してやる。もし、それが無理ならここには寄せ付けないようにしてやる』

そう思った日下部さんは友人の側に寄り、同じように目を見開いて強張《こわば》った彼の横で絶対に来るな！　絶対に来るなよ!!　と、強く念じていました。

言葉だけでなく、頭の中では、イメージで二メートルくらいの結界を張っている感じも浮かべていたそうです。

そうすると、黒いカオナシに似たものが近づいて来ず、周りをぐるぐると回りはじめました。

あまりに強く念じ続けていたからか、こめかみの辺りが強く痛み、ふっと気が抜けてしまいました。するとその瞬間、グーッと、黒いカオナシに似たものが陽喜さんの顔を覗き込んできたんです。


『あっこれは、お眼鏡にかなったら……引きずりこむタイプだ』


顔があるわけでもないのに何故か『見られている』と感じました。

どうしてそう、思ったのかは今でもわからないそうです。

ともかく、そこで日下部さんは我に返り、もうこうなったら自棄糞《やけくそ》だとそれに視線を向けたまま、他に出来ることが何も思い浮かばなかったこともあって、再び『来るな近づくな』と念じ続けました。

「来るな！　来るな！　来るな!!」

すると、正面にいたそれは、日下部さんに興味がなくなったのか、再び動きだし離れていきました。

ああやり過ごした……と、ホッとしたそうです。

その後もまだ、覗き込んでは進むを続けて離れていったので、それがどうなったかは、よくわかりません。

すごく真剣に強く思い続けていたせいか、日下部さんは体中の筋肉が強張っていたようで、しばらくの間筋肉痛に悩まされ、掌《てのひら》には強く握ったせいか、爪の食い込んだ跡が残っていました。

あの時もし強く願わなかったら、どこかに連れて行かれたのかもしれないと、日下部さんは考えているそうです。

というのは、日下部さんの知り合いが翌年同じフェスから帰って来てからというもの、別人に感じることがあるからだそうです。

もしかしたら、知り合いの本来の中身というか、魂のようなものがフェスにいる黒い影に連れ去られてしまったからじゃないかと思っています。

昼間でも大勢の人がいる場所でも、ああいった何かはあちこちにいるのかもしれません。

大赤見ノヴ（ナナフシギ）㊀蔦編　あとがたり

仏間に潜む者

大赤見ノヴ　あの白髪の老婆が、四つん這いで背中が天井についてる、っていうところがすげー謎なんですけど。

島田秀平　あれ謎ですよね。僕も最初意味わかんなくて。最初に四つん這いって言うから天井の方にくっついたのかと思ったら違うんですよ。

ガンジー横須賀　浮いていたっていうことなんですかね？

島田　縁日で買ってきた風船みたいな感じですかね。天井で突っかかってる。

大赤見　くっついてる状況ですよね、多分。

西《にし》浦《うら》和《わ》也　僕も初めて聞くタイプでわかりにくいです。貼り付いてたらスパイダーマンみたいな感じもありますけど。逆ですもんね、完全に。UFOキャッチャーみたいな？

ガンジー横須賀　取りやすいようにね。

吉田《よしだ》猛々《もうもう》　どんなアトラクションなんですかそれ。

西浦和也　怖いんでちょっと現実逃避を今ちょっと脳の中でしてる状態ですね。でもやっぱりねそれは怖いですよ、摑《つか》まれたら。だって、UFOキャッチャーじゃないですけど、グーってきて摑まれたらどうしようって思っちゃいますよ。逃げ出して正解ですよね。

島田　引っ越す場合、引っ越し先に行く時に形だけ仏壇を持っていけばいいってわけじゃないですからね。お坊さんに来てもらって魂抜き魂入れという儀式をしてちゃんと本当の意味で魂も引っ越しできるっていうじゃないですか。ところが、それをやっていなくて、その魂がここに残った状態で引っ越せていないから霊もどうしたらいいかわからない状態なのかなと僕はちょっと想像もしたんですけど。

ガンジー横須賀　その仏壇の位置が、という問題、なんか家相ってあるじゃないですか。家の相っていう。アレも何か変わってたのかなぁとも若干思ったんですけど。

島田　そうですね。仏壇を置く方角、向きなんてのも大事らしいですね。北側を背にして南側を向くように置くのがいいんですよなんて話とかもあったりしましたし。

大赤見　肝心の案内されているお客さんがその一階だけ見なかったのが引っかかってて。二階、三階は見たけど一階だけ見ないってことはそのおばあちゃんの霊が離れたくないから入らせないようにしてる気がするんですよ。で、霊に対して鈍感な投稿者さんが、一階に入っちゃったからわざと姿見せてきたのかなと思ったんですよ。

島田　じゃあそのおばあちゃんからすると、そこに人は入ってほしくないと。

大赤見　元々そこでずっと住んでいて亡くなられたはずなんで、すごい愛着を持ってる気がしたんです。私はもうこの家から離れたくないんだ、っていう方なのかなと思いました。

吉田　でもそれにしては体勢がさ、もうちょっとその、その人が出やすい形で出てっていいと思う。

大赤見　だからおそらく引っ越しの時に仏壇を持っていかれたんで、多分変なところにいっちゃった気がするんですよね。移動してる気がして。

島田　すごいなと思ったのが、不動産業者の方は別にそこに住まないじゃないですか。だからまあ見えていいんですけど、住む可能性がある人がもうなんかそこ嫌だなって感じてるのに、そこを見ないで部屋決めないわけですよね。だからやっぱりその部屋に入らせたくない。入る可能性がある人に何かを伝えたみたいなのもあるかもしれないですね。張り紙もちょっと不思議ですよね。あれなんなんですかね。窓と雨戸は絶対に開けるなって貼ってある。

大赤見　明るすぎたら見えちゃうからですかね。雨戸とか開けてて日の光とかがガンガン入ってしまっているとおばあちゃん見えちゃうんですかね。だから絶対に開けるなと。

島田　そうなってくるとその紙貼ったのは前の住人で、おばあちゃんいるのわかってるのかなってなっちゃう。じゃあなんで賃貸だしてんだよって謎なんですよね。でもこれが実話怪談なのかななんていうふうに思ったりもします。

フェス会場の黒い影

村上《むらかみ》ロック　黒い物ってやっぱいろんな話に出てくるんですけど、それが覗き込むとかこっちの様子を窺うっていうのは、真っ黒だから意思とか感情を持ってるのか分からない部分がやっぱ怖いですよね。

ガンジー横須賀　これはだから死神とまた違う感じもしたんですよね。

島田　フェスって、ある意味こう、霊的な陰のものからしたら真逆っていうすごく陽気な場所だったりするわけじゃないですか。

ガンジー横須賀　でもそのバンドもすごい暗い歌手みたいな感じの人だったんでしょうねきっと。だから引き寄せたのかなと思います。

日野《ひの》まり　めちゃめちゃ怖いですね。幽霊とはまた違うというか。時々こういう化け物系の話聞きますけど、場所によっては神様だったりとかするじゃないですか。その類のものだったりするのかなとか。あと何探してたんでしょうね。

　そもそも探してたのかな？

大赤見　覗き込んで首かしげてるじゃないですか。だから違うんでしょうね。その黒いやつからすると。何を探してるのっていう。

ガンジー横須賀　気持ち悪いですよね。

島田　人がこう不安になって不思議なことを見やすくなる周波数ってのもあるとかで。ロックバンドでそういうのが好きな方たちはあえてその周波数をたくさん使った曲を作って。で、そうするとよりファンが熱狂しやすくなるという話もありますよね。

大赤見　曲が暗めだっていうので、それがきっかけかなーって思いながら聞いてたんですけど、何を探してるかっていうとこじゃないですか。僕、思ったんですけど、例えばそのバンドのメンバーの女癖が悪くて、捨てたか何かしちゃって。で、そのメンバーの本命の彼女というか、誰かを探しに来てた気がするんですよ。その浮気相手なのか、もう一人の恋敵なのかわかんないですけど。だから死霊ではなく、僕は生霊が出てきたっていう線の方が強いかなと思いましたね、聞いてると。

島田　確かに……。だから直感的に感じたんですね。お笑いとかアイドルとかで、劇場で客席に現れる霊の話っていくつもあるじゃないですか。出演者の良くないことをしてしまったことで出てきた、っていうパターンもあるんですけど、純粋に応援してたファンの方が亡くなってしまったんだけど、未だにこう見守って見に来てくれてるってパターンもありますよね。ただ今回やっぱり人を一人一人覗いてるっていうのは、ちょっと怖いなって感じましたね。

大赤見　探してる気がするんですよね。やっぱり、首かしげてっていうので。

島田　人を確認してくパターンの怪談ってあるじゃないですか。僕これ二つパターンがあると思うんですけど。一つは自分のことが見えてるかどうか確認するってパターン。だから目の前に行く。みんなもちろん見えてないとノーリアクションなんだけど、リアクションした瞬間、お前見えてるなって言って、ガってくるっていう話もあるし。もう一つ、誰かを探してるってパターンもあるじゃないですか。こっちも怖いんですよね。僕が聞いたことあるのが、剣道部かなんかの合宿で、いわゆる廃校みたいな場所で合宿やってたらしいんですよ。で、夜は顧問の先生が怖い話をしてくれて、その後みんなで布団を並べて、二十人ぐらいで二列に並んで寝てたんですって。その話をしてくれた方が寝てたんだけども、金縛りになっちゃう。そこでゾワゾワとしてたら急に窓から人が入ってくると。で、寝ているのは二階とか三階だから人が入ってくるわけないんだけども、その人がこうグッ……と近づいてくるんですって。で、金縛りになってる。首を動かせない。でもなんかこう見てると、端の方から寝てる枕元のとこに行って……やっぱやってるんですって。うわぁー! なんか確認してると思って。で、自分の順番がどんどん迫ってくるわけですよ。で、気づけば自分が覗かれてる。うわーもう怖い怖い怖い怖い怖いと思ったら、しばらくしたらいなくなったから、あーよかったって。次の番の横に寝てる子の方を見てたら、入ってきた人が頷《うなず》いて、その子をズンッて引きずり込んで。で、いなくなっちゃったんですって。えぇぇぇ!?　ってなるじゃないですか。でも金縛りにあってる。怖い怖い怖い怖いと。で、気を失ってしまったと。で、翌朝目を覚まして、友達が連れてかれちゃった、これ大問題だと思った時に横見たら、そもそも自分が端だったんですよ。横に友達なんか誰も寝てなかったんですよ。元々いないんですけど、ここに誰も。そういう話を聞いたことがあって。

そういえば一番端に寝てたんだって思い出す……ってなると、ここにいた子っていうのも、もしかしたら以前ここで何かあった子なのかとか……。そこに居ちゃいけない人が友達の中に紛れていたんだけど、それがやっぱ連れてかれちゃった、誰かに。とかっていうことなのかもですけど。そういう覗き込むパターンの話で、これは怖かったなと思い出しましたね。

吉田猛々（ナナフシギ）薦 怪談

吉田猛々【よしだ・もうもう】

ナナフシギの見えない方であり、猫好きな方。幼少の頃から妖怪、未確認生物、心霊、日本の民話、伝説や伝承などに興味を持つ。現在は「ナナフシギチャンネル」で毎夜怪談を配信しつつ、日本全国の妖怪伝説の残る場所へ足を運ぶ事を生きがいとしている四十六歳。

地獄アパート

投稿者　鷹弥《たかや》
語り　吉田猛々（ナナフシギ）

これは私が大学時代に一人暮らしをしていた時の話です。

当時私は大学の四年生で、ほぼ大学には行っておらず、バイトとアパートの往復をする毎日でした。

住んでいたアパートは三階建て、一フロアに三部屋ずつという建物でした。

私は三〇二号室に住んでいたのですが、このアパートの間取りは少し変則的で、一号室と三号室は１ＤＫで、二号室だけ横長の１Ｋとなっていました。

一号室と三号室は、ベランダが狭い中庭を挟んで向かい合っており、建物を上から見ると上下に少し伸びたカタカナのコの字になっている建物でした。

アパートは全部で、九部屋あるのですが、いつも何部屋か空きが出ていました。この物件、都心まで電車一本で二十分で行ける沿線上にあり、最寄駅から徒歩五分もかからず、近場にはスーパーやコンビニなども充実しています。

住んでいた当時、築年数は二十年ほどではありましたが、鉄筋コンクリート造り、リフォームしたてで内装はとても綺麗でした。

そんな好物件だっただけに、いつも空き部屋があることを不思議に思っていました。

でも入居して、しばらく経ってみると、なるほどと合点がいきました。

ここは、どうやら入居者に難があるタイプの訳あり物件だったのです。

隣の三〇一号室には五十代くらいのおじさんが一人暮らしをしており、日中に出会うときは気さくに挨拶《あいさつ》をしてくれる、気のいいおじさんなのですが、夜にお酒が入ると大声で奇声をあげながら泣き叫ぶのです。聞くと地元に残してきた家族が夢枕に立ち見つめてくるのだとか。

私はヤバい人だと思ったので、なるべく避けるようにしていました。

これだけではなく、逆隣の三〇三号室には、三十代くらいのカップルが同棲《どうせい》していました。二人は定期的に警察沙汰《ざた》になるほどのケンカをし、ヒステリーを起こした女性が窓ガラスを割ったり、ボヤ騒ぎを起こしたりと何かと迷惑でした。

さらに一つ下の階、二〇二号室には大学生の兄弟が二人暮らしをしており、毎晩のように友達を招いては爆音で音楽を流し、朝までバカ騒ぎをするのです。

そのため近隣からの苦情も多く、週に一度はどこかの部屋が通報されパトカーが来るような騒ぎになっており、みんなこんな物件は住めたものじゃないと、出て行ってしまうようでした。

私は、一番ひどい部屋に入居してしまったなと反省しながらも、基本的には家には日中に寝に帰るだけのような生活だったため、そこまで気にはしていませんでした。

そんなある日、深夜のバイトが終わってアパートへ帰ると、外の通りから聞こえるくらいに二〇二号室からうるさい音が聞こえてきました。いつもは爆音が流れているのですが、今日は何やら言い合っている声が聞こえていました。

あまりにも酷《ひど》かったため、他の人が通報するのを待つか、今回は自分で通報するかと悩んでいるとドンドンドン‼　と乱暴にドアを叩《たた》く音が聞こえました。

慌ててドアを開けると三〇一号室のおじさんがベロベロに酔った状態で刃物をもって立っており「うるせえぞこの野郎！　毎度毎度、何時だと思ってやがる！」と刃渡り数十センチはあろうかというドスを突き付けてきたのです。

もちろんその間も階下からは大声で言い合いが続いており、私の部屋は静まりかえっていました。

「うるせえのは、ここじゃねえのか」

私が原因ではないと分かったおじさんはいつもの人のいい笑顔でヘラヘラと笑

いながら「ごめんな、勘違いしてたわ。下の階やな、行ってくる」と出て行ってしまいました。

直感的に、これは事件になる、まずい！　と思い、慌ててベランダに出て、下の階に向かい「絶対にドアを開けるなよ！」と声をかけようとしたところ、向かいの三〇三号室のベランダにもカップルが出てきており、目立つのを避けるためか電気も付けずに二人で並んでこちらを見ているのです。

一瞬ドキリとしましたが、それよりも早く声をかけないと、と思ったところで下の部屋から兄弟の悲鳴とおじさんの怒号が聞こえ、間に合わなかった……と思いながら警察に通報し部屋の鍵《かぎ》を閉めて縮こまっていました。

通報した当初、いつもの事か、と対応していた警察も今まさに人が襲われていると聞き、すぐに到着しました。

ですが、その間も下の部屋からは兄弟の悲鳴とおじさんの怒号が聞こえ続けていました。

その後、駆けつけてきた警官が、救急車、さらに応援のパトカーを呼び、朝方まで警察が出入りしており、大騒ぎでした。

もちろん私も事情聴取され、下の階の住人は無事だったのか警官へ聞こうとすると、別の警官が慌ててやって来ました。


その警官の連絡を聞き、警官と私は絶句しました。

今回の事件で逮捕者がたくさん出たのですが、まず「初め」に、逮捕されたのは三〇一号室のおじさんでした。

実はこのおじさんは過去に家族を刺し殺すという殺人事件で逮捕されており、精神疾患のため無罪となったのち、全国を転々とし、住む先々の住居で傷害事件をおこしては逃亡というのを繰り返しており、今回の殺人未遂、傷害罪と合わせての逮捕となったそうです。

ただ、精神疾患ということもあり、今回も大した罪には問われないだろうとの事でした。

「次」に捕まったのは二〇二号室の兄弟でした。

この兄弟は援助交際のブローカーをしており、家出した女子中高生を家に匿い、売春をあっせんしていたようです。

大音量で音楽をかけバカ騒ぎをしていたのは、売春させる前に味見と称して少女たちにクスリを投与し性的暴行をする際、泣き叫んだりしても聞こえないようにするためでした。


そしてこの日、少女がクスリの急性中毒症状で亡くなり、パニックになった兄弟がお互いに罪の擦《なす》り付け合いをして騒いでいたようです。

そこへ刃物を持ったおじさんが飛び込んで来て三者三様にパニクっていたようです。


事情聴取の最中に警官が報告してきたことというのが、三〇三号室のカップルの話です。

二人は無理心中とみられ、ベランダで首を吊《つ》り亡くなっていました。

ベランダから下の階に声をかけるときに様子を窺《うかが》っていたと思っていた二人はその時には既に亡くなっており、物言わぬ虚《うつ》ろな目がこちらを眺めていたようです。

このカップルの詳しい話は聞けませんでしたが、下の階のいざこざで警察が聞き込みをしている最中にベランダで首を吊っている二人を発見し大騒ぎになっていました。

まさか警官も刃傷沙汰の通報を受けて駆け付けてみれば、部屋では少女が亡くなっており、ベランダから上を見れば首吊り死体があるとは思いもしなかったと思います。

私はすぐにそのアパートを引き払い、別のアパートへ引っ越しましたが、そのアパートは事故物件サイトへ登録されることもなく、今もまだ入居者を募集しています。

皆さんも、隣人にはくれぐれも気をつけましょう。

芋掘り

投稿者　髭熊猫《ひげパンダ》
語り　吉田猛々（ナナフシギ）

自分は、周りの人が見えない「人」や「モノ」が見えていたり、触れたりできた時期が以前にありました。

これは、そんな時期だった小学校六年生の時の話です。

自分には三つ歳の離れた妹がおりました。

兄妹仲がよく、妹の友人と三人でよく遊んでいました。

ある日、そんな妹の友人の祖父母で「芋掘り体験をやっている」という農家の方の家に、遊びに行かせてもらうことになりました。

二家族合同でワゴン車に乗り、芋掘りの出来る畑に向かう道中、落ち葉が赤や黄色に染まっていたのを車窓から見たのを覚えています。


着いて早々、向こうのおじいさん、おばあさんが迎えてくれました。

そして、二人の間に、自分と同い年くらいの男の子がニコニコと立っていました。

老夫婦が「今日一日、仲良くしたってな」と開口一番に言ったので、年下の妹たちに合わせるのが億劫《おっくう》だった自分は、芋掘りも早々と切り上げ、その子と遊ぶことにして、離れの子ども部屋のような所に行きました。

男の子は自分のことを〝T〟と名乗り「この家のことは昔からよく知っている」と言っていました。

老夫婦の孫という感じはしなかったので、僕は、親族の子なのかなと思いつつも、さして気にせず、その子が勧めてくれるまま、古い漫画雑誌や、超合金の玩《おも》具《ちゃ》などを押し入れから出して一緒に楽しんでいました。

その後しばらく遊んでいると、片付いていた離れも、すっかり散らかってしまいました。

二人してずっと遊ぶのも飽きてきた頃合いに、チラッとTが窓の外を見て「おっ！」と言って、勢いよく立ち上がりました。

「いま縁側で、ちょうど皆が休んでいるから、面白い悪戯《いたずら》ができる。ねえ、一緒に行こう！」と、自分の手を引いて、外に連れ出しました。

向かった先は、家の外周をぐるっと回り込んだ、少し小高い崖《がけ》の上でした。

そこには大きな柿の木が生えていて、目に見えて「熟れすぎた」真っ赤な柿がたくさん生《な》っていました。

そういえば、下にもたくさん潰《つぶ》れた柿が落ちていたな……と思い出していると、おもむろにTが自分に「樹の幹を揺らそうや、今ならアイツらの上にめっちゃ落ちるし、楽しいから」と促しました。

自分は「いや、お邪魔している家族に迷惑かけるのはさすがにヤバいって……」と何度か断ったのですがTは「家族の俺が良いっていうんだから、大丈夫だって」と、しきりに勧め続けました。

あ、Tはやっぱ家族だったんだ、という納得感と男二人の悪ノリもあって、遂に自分はTと一緒に幹を揺らしたり蹴《け》ったりしてしまいました。

すると、大量の熟した柿が落ちて、下にいた妹やその友達はベチョベチョになってしまいました。

当然、すぐに「コラァッ!!」っと自分らの両親にとがめられ家の前で正座させられ、拳骨《げんこつ》やビンタで目一杯折檻《せっかん》されたのですが、何故か隣のTはおとがめなし。

怒られる自分を見て、ニタニタと笑っています。

「なんでこんなことをしたんだ！」と叱りつける二家族分の親と「まぁまぁ」となだめる老夫婦。

そして、なぜか横でのほほんとしているT。自分は我慢できず、「だって、Tが……！」と彼を指さしました。

Tと遊んでいたこと、崖上に連れていかれ、そそのかされたことなどを主張すると、皆はきょとんとした表情で「誰、それ？」と言いました。

「いやだからさあ」と再度今日あったことを皆の前で説明すると、自分の親は、苦虫を噛《か》み潰したような顔で自分を気味悪そうに見てきました。

その様子を見てケタケタと笑い声をあげて藪《やぶ》の奥に走っていってしまうT……。

そこで自分は、やっと彼が「自分にしか見えていなかったモノ」だと気づきました。

自分は当時「周りの人には見えないものが見えていた」んですが、その見え方が、透けたりするようなこともなく、触れることもできるため、今回のように、他人と認識合わせをしないと本当に「ソレら」だと気付かないことも多かったのです。

その家に来て初めに言われた「仲良くしたってな」も、決して、そこに立っていたTの事を言ったのではなく、妹の友人と仲良くして欲しいというお願いなのでした。

そんな中、老夫婦だけは尋常じゃない驚きようで「Tって名前は間違いないのか⁉」と、おじいさんが肩を摑《つか》んで聞いてきました。

おばあさんに至っては、口元を手で覆って泣き始めています。

聞くところによるとTというのは、この老夫婦の初めての息子の名前だったそうです。

「だった」という言葉を使うのは、彼が中学一年生の時、近所の道路でトラックに轢《ひ》かれ、命を落としたからです。

漫画を読んだ、あの離れは彼が中学校になった記念に与えた部屋代わりのプレハブ小屋だったそうです。

本や玩具は、当時のまま、遺品として取っておいたとの話でした。

Tはあの崖の上が好きだったこと、そして、よく柿を落として悪戯をしていたことから、自分の話を老夫婦はすっかり信じてくれたようでした。

その日、帰りの車で家を離れるまでTには会いませんでしたが、彼は今も、老夫婦の横でテレビを観たり、たまに一人で離れに行ってお気に入りの漫画を読みながら寝転がっているのかもしれません。

吉田猛々（ナナフシギ）薦編　あとがたり

地獄アパート

吉田猛々　話の途中から事件みたいな感じの雰囲気になっていって、そこから怒濤《どとう》のように実はこういうことがあったっていう、部屋の中の内情っていうのが詳《つまび》らかになってくところがたぶん話の肝だと思うんですけど、その展開とかが読んでいてもすごく伝わってくるというか、迫力がある感じだったんで、だからこの怪談を話すとなると、より話の良さというか、話だからこそ感じる、緊迫感みたいな、もうそういうのを勢いでお伝えしなきゃな、という意味で、話し甲斐《がい》があると同時にすごく難しいな、と思いましたね。できることならもうちょっと細かく言いたいっていう部分もある中で、ベランダを開けたら向かいが見える条件の建物であるっていうことが一番伝えなきゃいけないところなので、そことともにね、本当はもっとね、長くやっても良い気はするんですよね。そういう風に長く語ってみたいな、と思う話でもありました。

芋掘り

吉田猛々　ものすごく緊張しました。これは家でやっといてよかったですね、練習を。でもやっぱり家とは違いますね。スタジオだと人の視線をすごく感じるんで。体験者の方が見た景色であったりとか情景であったりとか、その時の雰囲気とか、温度湿度ってものを、本人じゃないとわかんないんですけど、自分なりにその文から汲《く》み取ってお話しする責任があると思うんで、一生懸命やらせていただきました。

松原タニシ㊖怪談

松原タニシ【まつばら・たにし】

松竹芸能所属のピン芸人。現在は「事故物件住みます芸人」として活動。二〇一二年よりテレビ番組「北野誠のおまえら行くな。」の企画により大阪で事故物件に住みはじめ、これまでに全国の二十三軒の事故物件に住む。事故物件で起きる不思議な話を中心に怪談イベントや怪談企画の番組など多数出演する。

深夜の林間学校

投稿者 真《ま》崎《ざき》京介《きょうすけ》
語り 島田秀平

これは、今から約三十数年前、京介さんが小学五年生の時に山中林間学校で体験したお話です。

京介さんの学校の山中林間学校は毎年、同じ山間《やまあい》にある「自然の家」と呼ばれる宿泊施設で行われていました。

その日は六月の梅雨の晴れ間で、かなり蒸し暑かったそうです。

背中の重たいリュックサックを恨めしく思いながら、皆と一緒に山道を進んでいました。たどり着いた「自然の家」は、あまり利用者がいないのか、中に入ると埃《ほこり》っぽく、荷物を置くなりみんなで掃除をすることになりました。

日が暮れると、昼の暑さが嘘のように涼しくなり、過ごしやすくなりました。

部屋は一階、エアコンなどはなく、窓を開けていればちょうどよい風が入って来て、普段過ごしている都会では感じることのない、山の木々の香りを含んだ夜気が心地よく感じられました。開いた窓の外にはベランダがあり、建物の周りにはオレンジ色のガス灯を模した街灯もあって、部屋の電気を消しても、部屋の中は仄《ほの》かな灯《あか》りに照らされています。

クラスは男子が二十人で、そのうち十人が同じ部屋割りで一緒でした。

みんなで枕の方向を合わせて、消灯時間後の会話が弾みました。

殆《ほとん》どが、好きな子や気になる子の話や怪談で、みんなでこう言い合っていました。

「みんな、眠っちゃ駄目だよ、ずっと起きて話していようね」

「わかったわかった」

そして十人で楽しく過ごしていたんですが、昼間の疲れもあってか、夜が更けていくと、一人また一人と寝落ちしていきました。

そして、気が付くと、京介さんともう一人の同級生以外全員寝ている事に気づきました。

「あれ、もうみんな、寝ちゃってるの？」

取り残されたことで、京介さんは少し不安になりました。

「もう絶対に寝ないでね、起きててよね」

そう頼むうちに、その同級生も眠くなってしまったようで首が揺れはじめ、今にも寝落ちしそうになりました。

慌てて起こすと今度は、京介さんが寝落ちしそうになり、同級生に起こされました。

そんな事が交互に繰り返される最中に、一つ不思議な現象が起きました。

二人が寝落ちして、起こされるまでの間に、ある夢を見るのです。

暗い森の中をどこかへ向かって歩いている、そんな夢だったそうです。

お互いに同じ夢を見ているというのです。

京介さんが寝落ちした夢の続きを同級生が見る、その続きを今度は京介さんが見る、そんな事を何回も繰り返しました。

そして、いよいよ同級生が、限界に達したのか、何をしても起きなくなりました。

京介さんは、急に怖くなり必死で起こそうとしますが全く起きず、もうダメだと思った瞬間のことです。

ベランダの窓にあったカーテンが、ゆっくりと揺れ、生温かい風がぶわあっと渦を巻くように吹き込んできました。

その様子を見ているうちに何故か、自然とベランダの外にある街灯に京介さんの目がいきました。

すると街灯に片手をかけながら、白い女性がこちらを見ていました。

一目で、人間ではない事だけは、分かりました。

同級生たちはのんきに寝ている中で、一人だけ幽霊を目にしている現状に怒りを覚え、京介さんは、「起きて、ねえ起きて‼」と呼びかけました。

「なんだよもう」

「幽霊がさあ、いるんだよ‼」

「寝ぼけてるのかよ、もう疲れてんだから……」

他の同級生にも声をかけて体を揺さぶったりして起こしたのですが、みんなすぐに布団に戻ってしまいました。

部屋の中を再び生温かい風が通り抜けていき、外を見ると白い女の人はじいっとこちらを見続けています。

目が合ってしまい、この時に視線を逸らすとこっちに来てしまいそうな予感がしました。

そのため、京介さんは更に必死に白い女を見つめながら、寝ている皆に「ねえ起きてよ、頼むからさあ起きてくれよ」と大声で呼びかけ続けました。

「起きて、ねえ起きて起きてよ」

半分パニックになりました。

更に叫ぶように呼びかけ続けると、やっと目を擦りながら「なんだよお」と起きてくれた同級生がいました。

「さっき窓の外に……」

その同級生に顔を向けてから、白い女の立っていた場所を指さすとそこには何もいませんでした。

「何？　見間違いかよ。起こすなよな」

そう言って布団に戻っていったクラスメイトの横で呆然としていると「なあ」とさっきまで同じ夢を見ていた同級生の男の子が話しかけてきました。

「さっきの幽霊の話、信じるよ」

その時京介さんは、二人で見ていた、もしくは見させられていた夢の光景がもしかしたら街灯の下に現れた白い女の幽霊が見ていた景色なんじゃないかなと思ったそうです。


怪談を話していた京介さんたちの元に現れた幽霊が見た景色だったのでは、と。

昔から、怖い話をしていたら霊が寄って来ると言いますが、本当にそういうことがあるのかもしれませんね。

人が消えるベランダ

投稿者　ヤマブキ
語り　川《かわ》口《ぐち》英《ひで》之《ゆき》

私が幼かった頃、何度も繰り返し見る夢がいくつかありました。
今回は、そのうちの一つの話をします。

その夢はいつも、当時住んでいたファミリータイプのマンションのベランダにつながる一室から、私がぼーっと外を眺めているところから始まります。
見えているのは何もないベランダで、開けてすぐ左手に室外機があって、そのさきに隣の部屋の窓と隣家との間仕切りがある、というよくあるつくりです。

私は夢の中で、室外機より奥が何故だか異様に気になって仕方がない気持ちになりました。

『何があるのだろう……行きたいけど行っちゃダメな気もするな……』と悶々《もんもん》としていると、後ろから父に声をかけられました。

「こんなところでどうしたんだ？」

私は奥に行きたいけれど、行けないことを父に伝えました。すると、「見てくるよ」と言って父は、室外機の向こうへ歩いていきました。

現実なら間仕切りがありその奥へ行けるはずがないのですが、夢の中ではスッとまるで溶けるようにして、ベランダの奥へと父が消えて行ったのです。

そこから幾ら待っても父は戻って来ず、どうしようと思っていた時、次は祖父に声をかけられたので、父が戻って来ない旨を話しました。

すると祖父も「見てくる」と言いベランダの奥へ消えて行きました。

そのあと祖母がやって来て、さらに、叔父《おじ》、叔母《おば》と続けて同じ会話をして、皆一様にベランダの奥にスッと消えて行きました。そして、誰も戻ってきませんでした。

皆の帰りを待ちながらベランダを眺めていると、視界の左側からゴロゴロゴロゴロ……と何かが転がってきました。

それはベランダの奥へ消えていった皆の生首でした。

足元に転がる生首を見ながら、私は室外機より奥を自分で確認するべくベランダに降り立ったところで毎回目が覚める……と、いうのが夢の全容です。

今思えば不思議なのですが、それを見ても幼い私は恐怖心も何も感じていませんでした。

ここまでなら子どもの頃の怖い夢の話でしかありません。

では大人になった今、何が怖いのかというと、この夢の順番のまま現在叔母まで亡くなっていることです。

最初に亡くなったのは父で、次は祖父……祖母……ここまでは偶然と思いたかったのですが、その後も夢の通りの順番で叔父、叔母の二人が亡くなったので、もうこれは確実にこの夢が関係しているんじゃないかなと考えるようになりました。

予知夢という言葉が古くからあるように、夢で死ぬ順番を告げられていて、叔母の次は私かもしれないな……と、なんとなく思う今日この頃です。

松原タニシ㊟編　あとがたり

深夜の林間学校

たっくー　怖いですね。想像力をかき立てられました。例えば女性が見させていたとしてですよ。じゃあ何のために見させてたのかな、とか思うわけじゃないですか。もしかしたらその先があるんじゃないかなってちょっと思っちゃって。そこを考えたらゾクってしますよね。

島田秀平　霊って記憶っていう話もよくあるけど、その場所に行った時にそこの霊が体験した記憶とかを見させられるっていう話ってよく聞くんですよ。今回の話って、記憶というよりもその霊が本当に今ここに集まってきてるその景色っていう。よくわからないですよね。なぜこんなことさせたのか。みんなが決まって怪談の時に、「でもさこの話してると、霊が集まってくるんだよ」って言うじゃないですか。ずっとよくわかんなかったんだけど、そのヒントになるような怪談って初めて聞いたんで、なんか僕ちょっと怖いっていうよりすごく興味深くって。

たっくー　似た話というか、ちょっと実験みたいなのがあって、これが霊感ある方のテストみたいなやつなんですけど。昨日食べた晩御飯を思い出していただきたいんですよね。普通はここになんかこれがあったなとか、思い出すんですけど、霊感ある方って晩御飯を食べてる自分の後ろ姿を思い出すらしいんですよ。ちょっと別の視点から見てるのが霊感がある方の特徴だっていう話があって。

島田　俯瞰《ふかん》の目というか、普通はもう目線でここになんかこうラーメンがあってとか、チャーハンがあってとかだけど、何かもう一つ上のような目線から見てるっていう。

大赤見ノヴ　確かに。僕、今俯瞰で想像してましたね。

　僕基本的にそうなんですよ。自分の昨日やったこととか思い出す時って、自分の視点で思い出さないんですよ。それを見てる後ろのもう一人の視点から見てるんですよ。

島田　じゃあ毎回自分の後ろ姿も見えてるってことですか。

大赤見　見えてます。見えてます。昨日何してたっけなー、あぁ家の中でなんか作業してたなっていうのを思い出した時も、作業してる自分を見て思い出してんですよ。

たっくー　たいてい自分が座った目線ですよね。僕もそうなんですけど。

二階堂瑠美《にかいどうるみ》　私は俯瞰っていうかわからないけど、例えば自分がゲームやってるところとか想像すると、ゲームの画面じゃなくて、横から見てる感じなんです。でも霊感はないと思います。

島田　プロの雀士《ジャンシ》の方ってもちろんテクニックだったり経験が重要だと思うんですけど、時々その霊感というか何か第六感みたいなものもあるってよく言うじゃないですか。

二階堂　って言いますけどね。私はあんまり感じたことないですね。

大赤見　ちなみに先ほどのお話は二階堂さんいかがでした？

二階堂　いつの記憶なのかがわからない、今集まってきてるのか、かつてそうだったのか、もしくはその彼女じゃなくて別の存在なのかみたいなのでいろいろ考えられると面白いなと思いましたね。

大赤見　林間学校っていう設定が絶妙だと僕思ってて。まだ精神的に大人じゃない小学生ぐらいの子がたくさん集まって、一つのことをするじゃないですか。だから幽霊が集まって来やすいのかなっていうイメージがあって。で、投稿者の方からお話をいろいろ集めてる中で一個気づいたんですけど、林間学校を行うための施設として、全国に〇〇少年自然の家とか青年自然の家みたいなのがたくさんあるんですけど、そこで起こる怪異ってめちゃくちゃあって。僕、一回、生配信の時に、「全国で〇〇少年自然の家で体験された方怪談をどうぞ」っていうので送っていただいたら、ものすごい数来て。今持ちネタの中で二百以上ある怪談のうち三十本ぐらいが〇〇少年自然の家の話なんですよ。

島田　そういった自然の中で、

無垢《むく》な存在達って、なんか呼び寄せるかもしれない。いろんな条件がマッチするんでしょうね。

人が消えるベランダ

RaMu　鳥肌立っちゃった。予知夢ってことですかね。

島田　結果そうなっているような夢ですよね。

たっくー　自分が見てるってよりは誰かが見せているというほうが近いのかな。そう考えながら聞くと、また一層怖いなというふうに思いますね。

大赤見　何かの順番で亡くなっていくとか、死が予言されていたみたいな話が僕すげぇ怖いんですよ。人から教えていただいた話があって、Aさんという人の小学校時代に、友達が一人亡くなったんです。その友達のお葬式に行ったときにその子のお母さんから、「A君に借りてたこのゲームソフト返しとくわ」ってRPGのゲームソフトを返してもらったんですって。で、あっそうなんや、これ貸してたんやぁと思いながら家に帰ったと。友達がどういう名前をゲームのキャラクターにつけていたのか気になったから、その友達のセーブデータでゲームをスタートしたんですよ。そしたら、おかしいんですけど、セーブポイントで再開されて、主人公がその亡くなった友達の名前で、仲間のキャラクターの三人とも死んでるんですね。で、その死んでるキャラの名前が同じ友達グループ内のB、C、Dだったんです。普通キャラクターが生きている状態でセーブしたいものなのに、なんで亡くなった状態でセーブしたのかなぁと思いつつ、大人になった後に判明したのが、そのB、C、D全員あとで本当に死んでいたんです。そのグループ内でもしかしたら亡くなった子がいじめられてたのかもしれないですし、何か意味合いがあったんじゃないか。呪いめいた何かだったのかもしれないし。

島田　そういった念が、結果的に予言みたいになってしまったのかもしれませんね。自分の名前がそこにあったりすると怖いでしょうね。

吉田猛々　同じ夢を続けて見る

ことに意味があるみたいな話を僕も知り合いから聞いたことがあって。ある芸人さんのことがすごく好きな女性が、ライブとかにもたくさん通って追っかけてたらしいんですよ。で、SNSとかでも連絡を取るようになって、その女性と、そのとある芸人さんが付き合うことになったと。その女性は、なんていうのかな、性に対して奔放だったんで、他の人と浮気をしてしまったと。で、浮気した現場っていうのをその彼氏の芸人さんにばったり見られちゃったんですよ。言い訳できないから、なんて返事しようかなと思ってたら、その日彼氏からLINEで「殺す」とメッセージが来た。で、毎日毎日「殺す」という言葉が増えているようなメッセージがどんどん来るようになったと。

彼氏は合鍵《あいかぎ》でいつでもその女性のマンションに来られるようになってたんで、不安になってきた。そのころくらいから変な夢を見るというんです。自分が寝ていると金縛りみたいになって体が動かなくなって、彼氏がガチャガチャって鍵開けて部屋に入ってきて、自分の首を絞めると。あぁもう私死んじゃうって思ったらなんか目が覚める。で、そういう夢を何日も何日も続けて見たんですって。夢だけどさすがに怖いので、家に帰ったら灯りをつけてテレビもつけて寝ることにしたそうです。ある日家に帰って灯りつけてテレビつけて、とりあえず疲れてるから横になろうってなったら、また体が動かなくなって金縛りになったと。でも、夢ではないんですって。はっきり起きてるのがわかるんですって。そしたらガチャガチャッて鍵が開いて、元カレの芸人が入ってきた。あ、今までの予知夢だったんだ、現実にきちゃったんだ、と思ってたら自分に彼氏がのしかかってきて首を絞めてきた。ここまで夢と全く一緒なんです。あっ、これやべえ、本当に殺されちゃうって思ったときに、これは現実じゃなくて、首を絞めているのは生霊だということに気づいたらしいんです。なんでそれが生霊だってわかったかというと、横向いて寝ていたんでつけっぱなしのテレビが見えて、生放送の番組をやってたんです。とある局のなんとか感謝祭みたいな。芸人さんとかタレントさんとかがいっぱい映っている中に、今自分の首を絞めている奴が映ってたんです。生放送で出てる奴がそんなことできるわけないんで、あれは生霊だったとわかったという話です。

RaMu　生霊の話を聞いて思い出したんですけど、私とお母さんがあるとき、一定の同じ幻覚というかお化けというか見る期間があったんですよ。私がある日、夜中にベッドから落ちて痛ぁって目開けたら、私のベッドの上で縞々《しましま》の洋服を着た男の人が踊り狂ってたんですよ。すごい踊ってて。うわっ、なにこれ怖！　って思って、ベッドにタックルするように戻って、気にしないようにして寝たんですけど、お母さんも同じものを度々見てたらしくて、「ママ、この間、夜中にね、壁を向いて寝てたら後ろで気配がしたんだよね。多分男の人なんだけど、結構特徴的な服着てるのが見えた。どんな感じかは覚えてないんだけど」「多分縞々じゃない？」って私が言ったら、「あ、縞々だったかも」って言って。その男がお母さんの背中にこうピタッてくっついてきて、で、あっいる！　怖い！　って思ってずっと目つぶってたら、後ろからこう手が入ってきて、お母さんのおっぱいを揉《も》んだらしいんですよ。「なにそれー」みたいな。「夢でしょ、絶対」「でも同じもの見てるねー」っていう話をしていて、お父さんが体を壊しちゃって入院してることを思い出したんです。で、お父さんが病院に持っていったパジャマが縞々だったんです。多分、あまりにも寂しすぎて、生霊になってうちらのところにきて、RaMuのことをパパは笑かして、お母さんのことを触りたかったんじゃないかって。

島田　今回のお話に出てきたベランダとか縁側、家と外の境目のところっていうのが、この世とあの世の境目を象徴する場所なんですって。そこが舞台になる話って、ご先祖様とのつながりがある話とか、メッセージがある話って結構多いらしくて。そのあたりもすごく興味深かったです。

たっくー㊟怪談

たっくー【たっくー】

ラジオ系YouTuber。YouTubeチャンネル「たっくーTVれいでぃお」にて、都市伝説や心霊、未解決事件などのさまざまなテーマの動画をラジオ形式で配信する。「稲川淳二の怪談グランプリ リターンズ2024」優勝。最恐の怪談師を決める賞金三〇〇万円の大会「T-1グランプリ」を自身で主催し審査員長を務めるなど、多岐にわたって活動する。

赤目の女

投稿者　臥《が》伏《ふく》龍《りょう》
語り　島田秀平

僕自身いろいろな心霊体験をしてきましたが、実はこの話はその中でも一番危険で本気で命の危機を感じた出来事なのです。

この日は、僕と霊感の強いチャーリーというあだ名の友人と一緒に買い物をした後に遊んで夜遅くなった帰り道の事でした。

車二台で来ていて、運転していたのはチャーリーです。

しばらくチャーリーと話に花を咲かせながら車を走らせていると「カツン！」と車の後部から音がしました。

僕は、何気なくチャーリーに「今、石が跳ねたような音がしたよね？」と聞きました。

そして、チャーリーがバックミラーを見た瞬間、固まってしまったんです。

「どうした？」

チャーリーは無言でした。

音の正体を確かめるためにバックミラーを見て、何か気が付いたことがあったんだろうかと思って「もしかして幽霊でもいるの？」と今度は、冗談交じりに聞きました。

すると、チャーリーは汗をかきながら僕に「はい、後ろの窓にいます」と答えました。

普段から霊感が強くて色んな経験をしている彼なので、またかと思っていたら今回は様子が全く違いました。

バックミラーを見つめながら、滝のような汗をかいて体を硬直させながら小刻みに震えていたんです。

そして、続けて言ったのです。

「先輩、見ないでください。先ほど、カツンと音がした後に、バックミラーを確認してみたところですね、真っ黒い人影が後ろの窓ガラスに張り付いているのが見えて……最初、人影だから浮遊霊なのかなと思っていたのです。けれど、よく見ると、それは影じゃなくって真っ黒いのは、オーラのようなものを纏った、『リング』の貞子みたいな、真っ黒い長い髪の毛を前にたらした人だったんです……。しかも、その貞子に似た何かが『呪怨』の伽揶子のような動きで這うように僕らの方へ向かって来ていて……こんなこと初めてで……」

その瞬間、後部から「カツカツカツカツ……」と、爪で窓を叩くような音がして振り向こうとしたらチャーリーに「ダメです‼　振り向かないでください‼」と物凄い剣幕で僕を制止されました。そして「前を向いて、絶対に後ろを向かないでください！」と真剣な顔で言うので、「なに？　なになに？　どういうこと？」って訊ねたんです。

「絶対に後ろを向かないでください！　絶対！　絶対ですよ‼」

その必死の形相は迫り来る「何か」への恐怖を物語っていました。

そして、少し体を震わせながら「今 後ろの窓の所に居ます！」とチャーリーが教えてくれました。

「真《ま》っ直《す》ぐ前だけを見ていてください！」と叫ぶような声でチャーリーが言うので、前を向いていると、今度は助手席の後ろの後部座席の窓から「カツカツカツカツ……」とさっきより強めに窓を叩く音が聞こえてきました。

「来てる！　明らかに近付いてきてる！」

僕もチャーリーの言葉を聞かなくても分かっていました。

それが、明らかに移動して、僕の後ろまで来ていることに。

だけど、恐怖心を堪《こら》えて前を見続けていると、チャーリーが今度は「下を向いて!!」と叫びました。

彼が言うにはトントントンと叩く音がした時に、這ってくる女をバックミラー越しに監視していたら、女と目が合ってしまったというのです。

そして、髪と髪の隙間から白目も黒目もないただただ真っ赤な目の女が此方を見ていて、彼は目があった瞬間に自分は死ぬ！　と感じたそうでした。でも、その後に、チャーリーではなく僕の方に動き出したそうなんです。

僕が、ただ事ではないことを察して下を向くと、チャーリーが、焦った声で

「ごめんなさい、もしも下から顔が出てきたら、諦めてください」と言い、僕は生きた心地がしませんでした。

その時、僕の座っている助手席の窓を突然激しく「トントントントントントン!!トントントントントントン!!」と、叩く音がしだしたのです。

「トントントントントントン!!　トントントントントントン!!　トントントントントントン!!トントントントントントン!!」

「音が鳴り止まないんだ！　チャーリーどうしよう」

途端に言い知れぬ死の恐怖に僕は襲われ、パニック状態でした。

「トントントントントントン!!　トントントントントントン!!　トントントントントントン!!トントントントントントン!!」

この音を聞いていると「死」が頭を過《よぎ》るのです。

あぁ死ぬんだ、ここで僕は死ぬんだ、と思いはじめた頃、唐突に辺りの空気がやわらかく変わって、叩く音がピタッと止みました。

急に耳鳴りが痛いほどのシーンとした静寂で、あの禍々《まがまが》しいような異様な空気と張りつめた感じと死がそばにある恐怖感が、一瞬で消え去りました。

車は農道を走っていたので、辺りは田んぼと林で、街灯なんて小さな灯《あか》りがポツンとあるくらいです。でも、田舎の夜道なのに、虫の鳴く声すらせず、静まり返っていました。そう、不自然過ぎるくらいの静けさだったのです。

さっきまで震えていたチャーリーが辺りを見て「あれ？　居ない……？　気配もなくなりました」と言いました。

この言葉を聞いてホッとしたのですが、彼の表情は真剣なままでした。

「もしかしたら車の下に潜んでいる可能性があるから見に行ってみます……。もし降りて自分に何かあるとすれば、突然現れた車に不自然にひかれるか、その車の中に引きずり込まれてしまうとか……。もしそうなったら、直ぐに近くの家に逃げるか本当に諦《あきら》めてください！」

彼は意を決した顔で、ガチャっとドアを開けて外へ出て行きました。

その時嫌な予感がして、じわっと胸中に不安が広がってきて気が気でありませんでした。

それは、あの映画の「リング」や「呪怨」のような幽霊に命を狙われる恐怖が今、目の前で起ころうとしているという予感があったからかもしれません。

シーンと静まり返った車内で一人じっとしていると、斜面を転がる雪玉のように、不安と恐怖が綯《な》い交ぜになった気持ちがどんどん大きく育ち、汗が噴き出てきました。

恐い、恐い、恐い、恐い、恐い……汗が額から顎《あご》まで流れて滴る時間は、現実では数分間だったのでしょうが、僕には無限にも等しく感じられました。

チャーリーが無事に戻ってきて「居ませんでした！　気配も完全にないです！」と言った瞬間にやっと僕は、息が出来るようになった気がしました。

後日、何故あの禍々しいあの黒いオーラを纏った、黒髪で赤い目の女が突然消えたのかを二人で話し合いました。

あの女がなぜ、姿を消してくれたのか、という疑問がありました。

すると、僕とチャーリーが同じ意見だということが分かりました。

もしかしたら二人はあえて見逃されたんじゃないか？　と思っています。

あの禍々しさは並の悪霊ではないし、霊の域を超えているって言うんですよ。

もしかしたらですが、どれだけの時間かは分かりませんが、かつて漂っていた霊か零落した神様とかつて呼ばれていたような何かが、それなりの霊力のある人間を引きずり込んで喰《く》らって、あれだけの禍々しい力をつけたのではないかと思うのです。

では何故、霊感が強いチャーリーだけじゃなく僕も狙われてしまったのか？

ある人から、僕は潜在的な霊力を秘めているが、まだそれが開花しておらず、やがて、そういった力が開花するんじゃないだろうかと言われたことが過去にありました。

だとしたら今後、その能力とかが開花してしまった後に奴に会ってしまったら……間違いなく僕達は連れていかれる……そんな気がしています。

それに、奴は間違いなく今もどこかに居るんです。どこかで誰かを引きずり込もうとしているんです。僕は何故か奴を感じるというか分かるんです。見たのはチャーリーで、僕じゃないのに……赤い目が記憶にあって、その視線を感じることがあります。

もしかしたら偶然だと思っていることも誰かに既に決められていたり、運命を操作されていると感じたことはありませんか？

あの恐ろしい目にあってから、能力の「開花日」が迫っているような予感がして今も僕は恐ろしくってなりません。

その日を待ち構えていて、僕の能力が開花してしまったらなりふり構わず奴は来る……それが僕にはわかるからです。

青いワンピースの女

投稿者　おっくん
語り　大赤見ノヴ（ナナフシギ）

投稿者の方の友人のT君は、一人暮らしをしていて一般商社に勤めていました。家から車で大通りに出てから数キロ進むと会社についてしまう。そんなところにT君は住んでいました。

聞くと便利なところに住んでいると思いますが、「毎日平凡な生活で退屈だよ」とT君は嘆いていました。

そんなT君はある日、こんな夢を見たそうです。

いつも通り車に乗って、通勤のために大通りを走っていました。

すると、今見ている景色が夢だと早い段階で、T君は気づいたそうです。

「なんで夢の中までこんな退屈なシーン見なきゃいけないんだ」

普通、夢は、シーンが飛び飛びだったり、感じる時間の長さも現実とは違ったりすることが多くあります。しかし、その時T君が見ていた夢は一分が確実に一分、五分が確実に五分とあまりにもリアルに時間経過を感じることが出来たそうです。

そしてT君が車を走らせ、会社から少し手前の交差点に差し掛かると、急に車体がずんっと重くなり十キロほどしかスピードが出せなくなってしまいました。

それでもT君は「まあ夢の中のことだし」と、あまり気にせず車の窓の外に視線を移したそうです。

すると歩道にいる一人の女性が目に入りました。

それは青いワンピースにセミロングの黒髪、肌も白くものすごく美しい今どきの女性でした。

T君は、その女性のあまりの美しさに見惚《みと》れてぼーっと見つめていたそうです。

するとドンッ‼　という音と共に車が大きく揺れました。

「ヤバイ……」

夢の中でもわかる嫌な感覚でした。

視線を前方に移すと、どうやら誰かを轢《ひ》いてしまったようです。

さすがにこれには焦ったT君は、急いで車を降りて駆け寄りました。


するとそこにいたのは、頭からだくだくと血を流す、先ほどの見惚れていた美しい女性だったのです。

「え」と思わずT君は声をあげました。

女性は車道でなく、さっきまで歩道を颯爽《さつそう》と歩いていた筈《はず》でした。

なにがなんだか分からず、T君はパニックになりそうでした。しかも、血を流しながら無表情で倒れていた女性の顔が、徐々に変わり始めたのです。

眉間《みけん》には深いしわが刻まれ、目は信じられないくらい吊《つ》り上がりだし、とても人間の顔だと思えない怒りに満ちた表情に変わっていったそうです。

うわぁ！　こわいと思った瞬間にT君は目を覚ましました。

怖い夢を見た……そのときはそう思うだけだったそうなのですが、なんとそれから一週間連続で同じ夢を見たそうです。

まったく同じ夢を見続けて、不気味を通り越して恐怖を感じたT君。

これは何かあるんじゃないかと思い、ある日の会社帰り、勇気を出して夢で女性を見た場所に足を運びました。

するとそこには夢と違って、小さなゴミ置き場がありました。

何か手掛かりをと思い、しばらくその場を探索していると、ゴミ箱の後ろに枯れた花束が数個見つかりました。

それを見たT君は「そっか、ここで亡くなったんだ、あの人」と直感的になぜか理解したそうです。

なんだかとても寂しい気持ちになったT君は、近くの花屋で花束を購入し、そこに供えました。その場に散乱していたゴミも掃除して帰ったといいます。

この行動が正しいかどうかは分からないですが、人として見過ごせないと思ったそうです。

これであの夢も見ることがなくなるのかな、そう思っていたその日の夜。また同じ夢をT君は見てしまいました。


ですが、いつもと違ったのは助手席にあの女性が座っていたのです。

しかし、まったく恐怖心はなく「こんな美女とドライブ出来てラッキー」と思えるほどに余裕があったそうです。

そして十分ほど車を走らせると、例の交差点に差し掛かりました。

すると真っ直ぐ前を向いていた女性がこちらを向き、ニッコリ微笑みました。

そして目の前がだんだん白くなり夢から目を覚ましました。


ここまでが私がT君から聞いた話です。

私は「きっといつもその道を通ってるT君に、女性は助けて欲しかったんだろうね。T君にきっと感謝してると思うよ」と率直に感想を伝えました。

しかしT君はどこか表情が暗く「うん……」と歯切れが悪かったのです。「何かあったの?」と聞くと、「いや、感謝してくれるのはいいんだけどさ……あのっ、実はさ……その夢、まだ毎日見るんだよね」と一言。

T君が言うには、毎晩毎晩助手席からニッコリ微笑む彼女の表情にさすがにうんざりしてきている、とのことでした。

そのうちにT君は心のバランスを崩し、退職して違う場所に引っ越したそうです。

たっくー㊟編　あとがたり

赤目の女

島田秀平　自分自身の体験談ではなくて、体験をされた方が番組に話を投稿してくれたわけじゃないですか。だから何よりもその方が体験された貴重な体験談なので、それをしっかり真摯《しんし》に、しかも怖い部分はきちんと怖くお伝えしなきゃっていう責任感とプレッシャーが強かったですね。そんな中やっぱり一発撮りのファーストテイクっていうことなので、二重の緊張があったんで。正直いろんな場所で怪談の話をしましたけど、トップクラスに緊張したかもしれないです。「赤目の女」は強烈なお話ですよね。僕もいろんな怖い話を聞かせていただいたりもしてますけど、ここまでしっかり実体化、出てきて徐々に迫ってくるまるでホラー映画のようだな。これは投稿者の臥伏龍さん、もっというとね、見えていたというチャーリーさんは寿命縮まっただろうなって思いましたねぇ。僕はこのお話ですごく興味深かったのが、場所とか車が原因じゃなくて、そういった悪霊っていうのは霊感が強い人間を狙ってやってくるんだっていう。だからこの場所に行ったから危ないんだ、心霊スポットだから良くなかったんだとかじゃなくって、どこにいてもある恐怖っていう。で今回は霊感が強いって自覚してる方が怖いんだって思うだけじゃなくって、自分が自覚していなくっても、まだ潜在的に霊感がある方にも当てはまる恐怖なわけじゃないですか。だから常にそういう存在に見られてるんだ、狙われてるんだって思うとなんかずっと怖いなーっていうお話で、そこが非常に興味深かったですね。

青いワンピースの女

島田　夢から始まったお話で、すごい結末に向かいましたね。花束が添えてあってそれが枯れてしまってた。それをね、新しく綺麗《きれい》にしてあげようっていいことじゃないですか。それこそ徳を積むような行為だと思うんですけど、それが逆にこういうことになってしまうとどうしようかって考えちゃうような話でもあります。

大赤見ノヴ　そうなんですよ。ハッピーエンドではあるんですけどその女性の目的というか、意図がわからなくて怖いんですよねこの話。

細谷佳正《ほそやよしまさ》　掃除して花も換えて綺麗にしたら、なんかセオリーじゃないですけど、成仏しないにしても感謝とかはあるんじゃないかなって思うんですが。

島田　そうそう。もっと言うと恩返し的なことを期待しちゃうようなところもありますよ。人間だから。

大赤見　感謝はしてるんですよ、おそらく。でも間違った愛ってあるじゃないですか。間違った感情。感謝がなんかねじれてしまって、こんなに優しくてありがとうっていう感じがしたんですよ。

島田　僕も占いとかやってたりすると、やっぱり本当に悩みを抱えた方とかいらっしゃるんですけど、自分の師匠からもあなたがその人の人生全部背負えるわけないんだから、やりすぎるのも結果相手のためにならないんだからね、っていうことは最初に教えてもらったんですよね。

細谷　でも優しくて気があまり強くない人に（霊は）憑《つ》きがちであるっていうのは話には聞くので、その人の行動が優しかったからなのかもしれないですよね。

三木大雲《みきだいうん》　基本的に私も「飼えない犬は飼わない」ってよく弟子たちにも言うんです。自分で面倒が見られないのに持って帰ったら、次の日にはまた捨てなくちゃいけなくってワンちゃん猫ちゃんにしたら二度裏切られることになるので、ちょっと餌を持って行ってあげて、誰か飼ってくれる人を探すっていうのが正しい対処法なんでしょうけど。今回の場合、もしかするとお坊さんを呼ぶだとかした方が良かったのかもしれませんね。

吉田猛々　善行を施したのにみたいなところでしたけど、幽霊も多分女性じゃないですか。だから異性だったら好きなタイプとかもあるんじゃないかなって。投稿をいろいろいただく中で、某地方に地下のアーケードみたいな通りがあるらしいんですけど、そこで、亡くなってる女性が見えるらしいんですね。自分のタイプと思《おぼ》しき男が歩いてくるとちょっかいかけるみたいに、近づいていくらしいんですよ。声をかけてんのかわかんないですけど、なんかこうデートじゃないけど腕を組んだりとかもするっていうんです。その真偽はわからないとして、そういう話も聞いたことあるんで、だからこの女性っていうのも自分を助けてもらったその男性っていうのが多分自分のタイプじゃなかったらその一回車の横に乗ってニコッて笑ってそれでいなくなるかもしれないけど、好きになっちゃったのかな。だからずっと居続けることになってしまったのかなと。

島田　幽霊と恋に落ちるというか、好きになってしまうという話も昔話であったりしますね。だいたいそういう話だと自分の生命エネルギーを吸い取られてしまう。結果、良い結末迎えないとかって話も多いですよね。

三木　基本的にお花をお供えすると枯れていくんですよね。正しく供養できてれば。で、カビが生えるのは実は届いてないんです。なぜかっていうと亡くなった方っていうのは気を食べるんですよ。だから気だけを吸われるので、生気がなくなっていくっていうのが、正しいお花の供養ができてる証拠なんです。きちんと枯れていくことが事故現場とか多いんですけど、そのお供えがなかったら人の気を食うしかないので、元気がなくなっていくということはあり得るんでしょうね。霊がずっと近くにいるとね。

細谷　展開が進んで行っても良さそうですよね、好きなら。同じ夢じゃなくて、ニコッて笑ったら手を握ってみるとか。でもずっと同じなんですもんね。

大赤見　だから同じ夢を見させることによってどんどんどんどんおかしくなってきて、うわーっていう状況まで追い込まれたっていうところが僕ちょっと怖くて。

吉田　追い込んでる意図があるのかな。どうなんだろうね。

大赤見　だからそのまま、一緒にあの世まで持って行こうとしたんじゃないかなって僕は思ってたりもする。

島田　今回の話って自分がしっかり供養されてないというか、無念の思いがあって、そのSOSをこの方が夢の中で受信して、それを改善してあげたっていうところからスタートなわけじゃないですか。

ある方に聞いたのがですね、デイサービスの送迎をされてる方がいて、でまあおじいちゃんおばあちゃんを乗っけて送り届けて、帰りも、送り届けてってやるんですけども、後ろに乗ってるおじいちゃんおばあちゃんたちがいつの日からか、「あれ、あそこの家の方は乗せないんですか？」とかって言うんですって。その家っていうのが門はあるんですけど別に誰も立ってないんですよ。普通に素通りするじゃないですか。でも何人かが「あそこの方は乗せないんですか？」って言うから気になってたんですって。である帰り道、またその前を通る時に「あぁ、ここの家だよな」なんて思った時にですね、目の前を猫がすーって通って、「あぁー！」って車のハンドルを切ったらそのポールかなんかにサイドミラーがパコンって引っかかっちゃって、で外れたというか、割れちゃって、サイドミラーがポーンってその家の庭に入っちゃったんですって。「あぁ、やばいやばい！」と思ってサイドミラーを捜しに行ったところ、そこは廃墟《はい》《きょ》だったんですが、よく見たら仏間かなんかが見えて、そこのお仏壇が本当に荒れ果ててたらしいんですよ。「あぁ、これは良くないな」と思って後日ちょっと綺麗に整えてあげたらしいんですけども、そしたらまあそういうことを言うおじいちゃんおばあちゃんもいなくなったりとかした。さらにそのサイドミラーなんですけども、ポーンってこう外れて飛んでっちゃったんですけど、割れたっていうか本当に綺麗に外れただけで、別に修理持ってかなくってもパコっていったらハマるっていう感じ。別にこっちにしたらそんな痛手がないぐらいのことだったらしいんですよ。その方はあーやっぱりこのお仏壇にいらっしゃる方が今こんな状況だからそれに気づいてほしいっていうことだったのかな、と思ったそうです。で実際にそれをやったらそういうことがなくなったんですけど。今回の話と似てるなって思ったのが、やっぱりSOSを出されてて、それに対して対処してあげたことで、まあ別にこっちに何もいいことはないですけど、なんかそれが改善されるということ。何もなくなったっていう話もあったんですよね。

三木　だから生きてる人間と一緒なんですよね結局は。飛行機の上から夜景を見てますと、窓一つ一つに今まさにもう命を絶とうとしてる人がいたり、やったーいいことがあったって喜んでる人がいたりするその声まで私たち聞けないので、全人類の声を聞こうとしてるのが観音様っていう。「音」を「観」るって書いて観音様。

ですからやっぱり拍手喝采《かっさい》、いろんなね、例えばコンサート会場とかでわーってなってる中にもやっぱり寂しい人がそこにはいたりする。その声にもやっぱり私たちは耳傾けなくちゃいけないんでしょうね。

松嶋初音㊢怪談

松嶋初音【まつしま・はつね】

東京都出身。MC・タレント。幼少の頃から心霊体験を経験し、自身の実体験を語ることを得意とする。ゲームにも長けており、〝TOKYO GAME SHOW〟など大規模なイベントでのステージMCも担当している。怪談イベント「TEPPAN HORROR NIGHT 十八番怪談」主宰。アパレルブランド「Hatsunex」も好評。YouTubeチャンネル「はつねちゃんねる」では怪異談から〝mgmg《もぐもぐ》動画〟、ゲーム実況まで幅広く配信中。

看護師から聞いた怖い話

投稿者　YOSHIHIRO
語り　島田秀平

これは私が、糖尿病と診断され、投薬で体を慣らすために一ヵ月近く入院していた一週目に起きた出来事の話です。

その日は昼寝をしてしまったせいか、深夜になっても眠れませんでした。

六人部屋でしたが、同じ部屋には他の患者はおらず、自分一人しか居なかったので暇つぶしにテレビやラジオを点《つ》けたり、筋トレをしたりしていました。

スクワットを終えた頃に、視線を感じたので振り返ると、巡回の看護師さんが少し呆《あき》れた顔で部屋の入り口に立っていました。

私は、挨拶《あいさつ》をしてから「眠れないんですよ」と言い訳をした後、ふと病院にまつわる怪談を取材したいという考えが浮かびました。

「看護師さん、怖い話ってないですか？　この病院にまつわる話とか」

ダメ元で聞いてみた結果、「この病院ではないけど私の知ってる話なら……」と、看護師さんの体験談を聞くことができました。


その看護師さんは山口県出身で、看護師の学校を卒業した後、男女の友人四人で廃墟《はいきよ》に肝試しに行った事があったそうです。

廃墟に到着した際に看護師さんは、怖いというより何か嫌な感じがして入りたくなかったそうなんですが、友人の男性Aはそんなことお構い無しに、「先に行って見てくるよ！」と懐中電灯を持って一人で廃墟の中に入って行きました。

数十分後、廃墟の奥から「おーぃ、来てみろよ、××あったー」とAの声が聞こえました。

「Aー、何処だよー」

「こっちだこっち」

「こっちってどこだよ、Aー」

「こっちだよー、早く来いよ」

ところどころ聞き取れないような大声でしたがAが叫んでるような声が聞こえたので、意を決して、三人で中に入ったそうです。

長い渡り廊下や階段を上り、奥へ進むと嫌な感じがずっと強くなっていき、饐《す》えた臭いもしてきました。

廃墟の中は声が反響するので、少し分かり難《にく》かったそうですが、なんとかAの声のする方へゆっくりと向かうと、腐った臭いが立ち込めるドアの前に辿《たど》り着きました。

Aの「ここだここ」と言う声がドアの内側からするのでドアのノブを回そうとした時、廊下の進行方向から光が見えました。だんだんと近づいて来た光の正体は懐中電灯を持って歩いてきたAでした。

Aが言うには、廃墟の反対側まで行ったけど何もなかったから戻ろうと思ったら、他の三人が「ここだ、ここだ」「ここに来て」と何度も呼ぶ声がしたのでこちらに来てみたという事でした。

当然、看護師さん達は呼んだ覚えもなく逆にAに呼ばれていたわけなので、ゾッとしたそうです。

このドアの奥にあるものは一体何だと、不思議に思い、Aが勇気を振りしぼって開けてみる事にしました。

鍵《かぎ》は掛かっておらず、ドアノブを回すと簡単に開きました。

ギィっとドアを押すと、中から強烈な悪臭が溢《あふ》れてきました。

みなが顔を顰《しか》めながら、部屋の中を見ると、奥には腐乱した首吊《つ》りの死体があったそうです。

もしかすると全員この死体によって呼ばれたのではないか……と怖くなりそれから廃墟などには行かないようにしたそうです。


これが私の体験談です……と、看護師さんの話が終わり、ちょうど眠くなってきたのでお礼を言い、その夜は朝食の配膳までよく寝られました。

配膳の際に良い話を聞かせてもらったのでお礼を言おうと思ったのですが、その看護師さんはいませんでした。
夜勤明けだから帰ったのかな？　次はいつ来るんだろう？　そう思って、検温の際に来た別の看護師さんに前夜の看護師さんの特徴を伝えたところ、そんな看護師さんは居ないと言われました。

私は、誰と話をしていたのでしょうか？

その後、他の人にも聞いたり、記憶を頼りにどこかにいないかとその看護師さんを探したのですが、二度と会うことはありませんでした。

運転席の女

投稿者　京《きょう》マダム
語り　城谷《しろたに》歩《わたる》

結婚して二年目の夏、地元の街に里帰りしました。

私の実家は、兵庫県の姫路《ひめじ》市という所から、少し離れた田舎です。

しばらく実家に帰っておらず、お盆も近いということで、帰省することになったのです。

車で夫と二人で家に帰る前に、大きな駅のある姫路で、父と待ち合わせて、食事でもしようということになりました。

途中、姫路で先に来ていた妹と合流出来たので、父との待ち合わせ時間まで、三人で商店街をぷらぷらと歩いていました。

そうこうしている内に、父から電話で、今駅に着いたから行くと連絡が入りました。

私は、『商店街の○○ホテルの前の横断歩道あるやろ？　あそこに居るから、来て』と返事すると、父は『わかった』と言って、電話を切りました。

炎天下、私達が待っていると、待ち合わせ場所の横断歩道の向かい側に、父を見つけました。

『お父さ～ん』と手を振りましたが、父は気付いていない様子でした。

信号も赤だったので、仕方なく待つ事にしました。

すると、向こうで待っている父の前を、一台の白い乗用車がとろとろと通り過ぎようとしました。

父の姿が車に隠れて、車の窓が目に留まりました。

光の加減で運転席がパッと見えたその時、私は見てしまったのです。

運転席にいたのは若い男性でした。それと女性の二人でした。

男性は正面を向いてハンドルを握り、女性は運転席側の窓と男性の間から、憤怒の形相で、じっと彼の方をにらみつけていました。一瞬、窓の向こうから見ているのかと思いましたが、やはりどうみても車の中にいました。

言葉に詰まったその瞬間、女が私をギラッとにらみつけました。

そのとき、信号が変わり、車が動き出して、父の姿が見えました。

え!? 私は怖くて唇が震え、横にいる妹に「なあ……あれ、見えた？ 今の白い車、運転席に二人いて……」と聞いたのですが、「え？ なに？」と言うばかりでした。

妹と夫は、父に駆け寄って行きましたが、私はしばらくあの女を見てしまった戦慄もあって、その場から動くことが出来ませんでした。

女が私以外に見えていないことは何となくわかっていました。目が合った瞬間に、この人は誰にも渡さないから、私だけのものだから！ そんな想いが頭の中に流れ込んできたからです。

あれは……はっきりとはわかりませんが、あの男性に憑《つ》いている霊か、生霊だったのではないかと思いました。

彼を絶対諦《あきら》めない、誰にも渡さない！ そんな想いがその姿から頭の中に流れ込んできたからです。

私は夫と妹に遅れて、ゆっくりと横断歩道を渡りながら、あの女の様子が思い浮かんで怖くてたまりませんでした。

今でもその女の振り乱した髪と、鬼の形相を思い出すと、怖くてたまりません……。

ただ、気になるのが、憑かれていたあの運転席の男が案外平気そうだったことです。

好きな彼を呪うことが出来ず、周りの女にだけ祟《たた》る霊、あるいは、生霊だったのかもしれません。

そして、妹は気がつかず、何故私だけ見えてしまったのか。

二人とも霊感なんてないのに……今更理由なんて分かる筈《はず》なんてないけれど、そんなことばかり、思い出すたびに考えてしまいます。

松嶋初音(薦)編　あとがたり

看護師から聞いた怖い話

鳥居《とりい》みゆき　看護師さんはそもそも幽霊だったんでしょうか？

松嶋初音　看護師さんから聞いた怪談話だとしたらめちゃくちゃ面白いですよね。

島田秀平　その看護師さんも、実はいないってなるともうわけわかんない。

吉田猛々　幽霊？　みたいな。

鳥居　で、この投稿者さんも本当はいないと。わあ怖い。

島田　投稿者のＹＯＳＨＩＨＩＲＯさんすみません。本当にいらっしゃいますから。

鳥居　幽霊が伝えたいことが別にないという。こういう怪談話ですよ、怖い話ありますよ、って言ってくる幽霊って何？　って思う。

松嶋　でもご本人が死んでいることにまったく気づいてないって可能性ありますよね。だからまだ勤務してるとか。で、眠れない患者さんに怪談を聞かせてあげてるとか。

吉田　僕は怪談ファンとしてたまらなかったですね。島田さんが長い尺で、王道といえるような内容の不思議話、怪談話を語ってくださって。そして最後の看護師さんもいなかった、本当だったかどうかわからない、というところまで含めて、あ、なるほどそのオチでよかった、ああ怪談好きでよかったって思いましたね。島田さんの怪談ってここの駅であったことです、とか、自分たちがリアルで感じられることがベースのお話をよくされることが多いから、ザ・実話怪談ですよね。番組を観てくださっている方もベーシックなお話を島田さんが長尺語るっていうのはすごく、好きだと思うんですよ。

島田　本当ですか。ありがとうございます。ご投稿いただいたお話を僕ら読ませていただくじゃないですか。そうしたときに、もう読みながらえー！　って。

声出しながら夢中になってしまうような話だった。本当にありがたかったですね。

川口英之　こういう怪談って、尺とかあまり気にせず聞くじゃないですか。いいお話ほどなんかあっという間に終わっちゃってさみしくなるんですけど、今のお話もあっという間、ジェットコースターみたいな怪談で、ああもう終わっちゃうんだってさみしくなっちゃいました。

島田　すごいね。怪談聞いて、怖いじゃなくてさみしいって。もう怪談好きも末期ですよ。だいぶ何周もしてます。

松嶋　私も、自分で一番怖かったのが、看護師さんが実はいなかった、という体験なので、すごくシンパシーを感じながら聞いてました。私も十日間入院してて、その時世話してくれてた看護師さんの一人が実はいなかった、という。退院のご挨拶をしに行ったらいなくて、その人だけサインが手書きで、みたいな感じだったんです。

島田　しかも看護師さん、すごい初音さんのことを守ってくれてたそうですね。

松嶋　守ってくれてたのかどうかはわかんないんですけど。でもその人は、私の性格はちょっとわかってないタイプの方でしたけどね。「夜中の二時にトイレに行かない方がいいよ」って言って、わざと誘っているのか、「行かない方がいいよ」って本当の意味で言ってくれたのかもしれないけど、私は行くなと言われたら、行きたくなっちゃうタイプの人間なんでその時間にトイレに行っちゃったんですよ。

島田　病院って、そういう亡くなっても働いている方がけっこういらっしゃるのかもしれないですね。

運転席の女

島田　車が混みあってたから、ゆっくり進む。だからずーっとね、ゆっくり進むということは、女の姿がゆっくりずっと見えているって状態だから、それがすごく怖い。一瞬で過ぎてくれればまだいいのに、って思いますけどね。

響洋平　怖いですよね。おそらく、この女は生霊かなと思うんですけど、結構生霊って男女関係というか色恋沙汰《ざた》のケースが多いなという印象があるんです。実際今の話も「もうこの人渡さないよ」っていうことは、おそらく運転している男性に憑いてる生霊で、もしかしたら、かつてその男性の車の隣に座っていた方の生霊なのかなと思いました。いろいろな情念を感じて、不思議でもあり怖いお話かな、と思いましたね。

島田　運転席と窓の間ってすごく狭いスペースに女性がいたわけですよね。それも怖いですよね。

大赤見ノヴ　怖いですね。生霊はずっとついてきているんですかね。車から降りてもずっといるのか気になって。

島田　意識に入ってきた「誰にも渡さない」っていうセリフも気になります。投稿者の京マダムさんは別に男性とどうこうっていう関係でもないのに逆恨みもいいとこというか。怖いですよね。

響　事故物件みたいに、その車に憑いてる可能性もありますよね。

島田　ああ、事故車ね。でもだったらなんで「この人渡さない」って言うんだろう。女性の幽霊が、この新しい持ち主のことを気に入ったってことですか。

響　あるいは、まさにその車とその男性に思い出のある女性の生霊かな、とかいろいろ考えちゃいますね。

大赤見　知り合いの男性の話なんですけど、無理して左ハンドルの外車乗ってたんです。左ハンドルの車で運転していて信号待ちの時、隣で待っている右ハンドルの日本車の人が近くに見える。そのときに何か普段と違う気配を感じて隣の車を見たら、運転席の中の顔が見えないんです。なんで見えへんのって思ってじーっと見たら、女の人のような長い髪の毛が、車の外側から窓じゅうに張り付いてたから中が見えなかったんですって。

島田　僕も車を運転するんですけど、時々めちゃめちゃ車間距離をとって運転している人がいるじゃないですか。それは安全運転ってことなのかもしれないんですけど、なんか見えてるんじゃないのかなって思っちゃうんですよね。だから、あんまり近づいてないのかなとか思っちゃったりして、なんか勝手に怖くなっちゃったりするんですよね。

響　東京都内のとあるトンネルの話なんですけど、そのトンネルの脇におじさんが座ってるらしいんですよ。で、それはもう亡くなられた方の霊だというんですけど、不気味なのはそのおじさんがたまに車を見ていて、タイミングを見計らって車道に飛び出すらしいんです。見えてる方は急ブレーキ踏むじゃないですか。見えてない方は踏まずにそのまま行くんですけど。その男性の霊っていうのは、自分が見えている人をチェックしようとしてるのか、もしくはあえて飛び出して事故を起こさせようとしてるのか、とにかくなにか悪意があると思うんです、って話をとあるタクシーの運転手さんから聞いたことがあります。その運転手さんは見える方で、件《くだん》のトンネル通るときは、もう完全にその男性の霊を無視する。

牛抱せん夏　車に乗っているときって、自分たちの家族だけが主人公じゃないですか。他の物って実はあんまり見えてないと思うんですよね。向こうの方にいるお父さんを見失わないように見てるのに、わざわざその白い車に目が留まるっていうことが、いっぱい車がある中のそれに目が行くっていうこと自体なんかちょっと変だなって思いました。女性の霊も、わざわざなんで京マダムさんにそんなことを言う必要があるのかっていうのも気になる。その幽霊のさじ加減によってその運転手さんも事故を起こしたりとかできそうな感じもするので、その男性も気の毒だなって聞きながら思いました。

響洋平㊊怪談

響洋平【ひびき・ようへい】

怪談蒐集家／クラブＤＪ／ターンテーブリスト。国内外でのＤＪを展開する傍ら、多彩な怪異体験談を集める怪談蒐集家として活動。「稲川淳二の怪談グランプリ２０２１」優勝。怪談トークライブや怪談映像作品への出演、怪談書籍の執筆などで活動中。

じゃあね

投稿者　キラピカ
語り　島田秀平

昔から仲がよかった涼子《りょうこ》ちゃんという女の子が居ました。

ある日、涼子ちゃんの部屋で一緒に遊んでいると、急に涼子ちゃんがスーッと立ち上がって『じゃあね』と言って部屋から出て行きました。

僕は少し変だなと思ったのですが、そのまま遊んでいました。

だけど、どんなに待っても涼子ちゃんが部屋に戻ってくる気配がなかったので、怖くなって部屋を出て涼子ちゃんを探すことにしました。

ですが、どんなにあちこちを「涼子ちゃーん」と呼びながら探しても見つかりませんでした。

益々《ますます》不安になってきたので、涼子ちゃんのお母さんと一緒に探したのですが、とうとう見つかりませんでした。

この日を境に、涼子ちゃんは行方不明になってしまいました。


月日が流れ、僕は大人になって涼子ちゃんのことなど忘れてしまっていた頃のことです。

当時の彼女と部屋で遊んでいた時、急に彼女がスーッと立ち上がって『じゃあね』と言って部屋から出て行ったきり、行方不明になってしまいました。

自分と親しくしている女性は、全員みんな部屋から出て行く時『じゃあね』と一言残して、行方不明になってしまうのです。

そんなある日、ばったりと涼子ちゃんのお母さんに会いました。

僕は「涼子ちゃん元気にしてますか？」と言いました。

涼子ちゃんのお母さんは「嫌み？　私には子どもはいませんけど」と困惑し、
僕はどういうことなんだ？　と思いましたが、彼女は、とても嘘をついている様子ではなかったのです。何より、子どもの頃に何度も会ったはずの涼子ちゃんのお母さんが自分のことを初めて会ったかのように見ていました。

「すいません、人違いをしてました」と言って、その場を去りました。

自宅に帰って母にこの一連の出来事を言ったら、

「何を言っているの？　あそこの家には子どもなんていなかったでしょう」と言われて、なにか嫌な予感がしたので、今まで『じゃあね』と言って消えていった人達のことを母に伝えてみました。

すると「そんな人達なんていないでしょ、さっきからなんの話をしているの!!」と怒られてしまいました。

この話をすると、みんな僕がおかしくなったと思って真面目に取り合ってくれないのです。

でも、そんなことはないんです、だって子どものころ、僕のお姉ちゃんも『じゃあね』と言って部屋を出たまま行方不明になっているので。

さすがに自分の家族を忘れるなんてことはないですよね？

幻の友達

投稿者　奏《かなで》彩《さい》華《か》
語り　西浦和也

イマジナリーフレンドという言葉をご存じでしょうか。子どものころに自分にしか見えないお友達のことで、小さいころだけ部屋で誰かとしゃべっているかのように一人語りする現象を指します。

この話は、小学三年生から六年生までにおきた出来事です。
当時私には「イマジナリーフレンド」がいました。
家族には皆霊感があり、弟と妹と、母も父もその子が見えていました。
その子のことはみんな、「ユキちゃん」と呼んでいました。

毎回私が小学校から家に帰ると、ユキちゃんはピンポンを鳴らし「遊びにきたよー」と言うのです。

悪さをしているわけではないしと、家族みんながユキちゃんの存在を黙認していました。

ある日、家に帰ると妹が外にいて「お姉ちゃん、ユキちゃんきたよー。一緒に公園にいこう」と言うので妹もつれて遊びに行きました。

ただ、ユキちゃんは毎回行くのを嫌がる場所がありました。

公園に行く時にそこを避けると、結構な遠回りになるのですが、嫌がることを無理強いさせたくなかったので、通らないようにして行きました。

公園に着いて三人で遊んでいると、近所で悪ガキと有名な男子たちがやって来ました。

「あいつら二人しか居ねぇーのに、誰としゃべってんだよ。気持ちわりぃなあ」

妹がその男子たちを怖がっているのもあって、守ってあげなければと思ったところ……。

ユキちゃんが「わたしにまかせて彩華ちゃんはそこにいてね」とユキちゃんが言って、スタスタと歩いて行きました。

私はユキちゃんの声に頼もしさを感じたので「わかった」と言うと、その男子たちが、いきなり現れた車に轢《ひ》かれました。


「え⁉」

本当に急なことだったので、驚いているとニコニコしながらユキちゃんが戻ってきました。


「もう大丈夫だから」とユキちゃんは言いました。

その後しばらくは、何もなく、あんなことがあったけれどユキちゃんは、変わらず私が家に帰ってくると家に遊びに来てくれました。

そんな交流を六年生の夏休みまで続けていたのですが、その頃になると弟も妹も霊感が薄れてしまったからか、弟は気配を感じるだけ、妹も声が聞こえるだけになってしまっていました。


また、三年の時を経ても、ユキちゃんは小学三年生ぐらいの子のままなのです。

「ユキちゃんは成長しないんだな」と不思議に思っていました。

ある日、いつもみたいにユキちゃんと遊んでいたのですが、突然母と父から
「そろそろ上に上げてあげないとね、最後にもう少し思い出作っておやり」と言われました。

私が、何のことだろうと思っていると、お盆の日に、父方の祖父母が家に来て、私に告げました。

「彩華ちゃん、そろそろユキちゃんを上げてあげんといかんね、いつまでもそれじゃダメじゃ」

私はこの言葉の意味が全てわかったわけではありませんが、別れの日が近いというのだけは感じ取ることが出来たので、覚悟を決めました。

その日は、家の近くにあるフェンスに囲まれた草原で遊んでいました。

すると、夕方まで遊んでいてもいいと言われたので、ユキちゃんと花を編んだり草を編んだりしていると、あっという間に楽しい時間は過ぎて日が傾いてきました。

夕暮れのオレンジの光に包まれたユキちゃんがスッと立ち上がり、ニコッと微笑みました。


「今まで遊んでくれてありがとう。彩華ちゃん、わたしとても幸せだった、本当に、本当に、ありがとう」


言い終えると同時に、ユキちゃんが夕日の光に包まれ小さな光の玉になって空に昇って行ったのです。

父と母、祖父母は何か理由を知っているようですが、結局何も聞いていません。

子どものころの不思議な不思議な友達の話でした。

響洋平㊟薦編　あとがたり

じゃあね

島田秀平　これが実話怪談の良さでもあるんですけど、結果もう、わからないっていう。なんとか答えを見つけようと思っても、もうわからないっていうお話って本当に溢《あふ》れてるんだなあと思いました。いろんな怪談の話の種類があるんですけども、これは最後の一言でズバッと大どんでん返しであるとか、思わぬ結末でお話がひっくり返るっていうパターンの怪談。これって怪談を話す身からすると、嫌なんですよね。もう、言ってしまうと最後の一言のための、すべてがフリなんですよね。そこまでいかにその空気をつくっていって、オチの方を思わせないようにして、最後この一言でいかに決めるかっていう。正直ね、最後の一言を言う時ってもう心臓バクバクになるんですよね。ここで絶対にとちれないっていう。すべてがここのためにあるようなお話っていうパターンなので。緊張感はいつも以上にありました。自分が今回ちょっとこの投稿怪談をいただいて、ずっと練習してたやり方っていうのが、お話を最後から読むっていうものなんです。全部最後の行から言葉に、声に出して読んでいくっていうことをずっと練習しましたね。あと、自分がいつも気をつけてるのは、その中でも足りない部分とか、聴いてる人がここもしかすると疑問に思っちゃうんじゃないかっていうところをいかに埋めていくかっていうことです。今回投稿者のキラピカさんのお話もほぼ完成してたんですけど、多少あった、どういう状況か見えづらい部分を、こういうことですよ、っていうふうに補足するぐらいのことはさせてもらいました。

　というか、ご本人が一番怖い思いをされていますよね。最後だって、お姉ちゃんもじゃあねと言っていなくなって行方不明だという。きっとこのお姉ちゃんも、投稿者の方しか存在を覚えていない。ほかの人からするといない存在になっちゃってるって事じゃないですか。

幻の友達

山口綾子《やまぐちあやこ》　自分の小さい時を思い出して、あの時一緒に遊んでた子って本当にいたのかなって不安になってきました。

吉田猛々　ちょっと泣きそうになりますよね。風景とかを想像して感動したっていうところと、すごく珍しいなと思ったのが、こういう怪談で他の人も見えているっていうことです。僕はあんまりそういうお話を聞いたことがなかったので。

島田　今回の話、二つ面白いなと思ったことがあります。一つは、その子どもが小さい頃って、なにかそういうものが見えてしまうっていうから、その子どもだけが見えてるって話は結構あるんですけど、家族全員が見えてるっていうのが、まず珍しいなっていうこと。もう一つが、家族たちが、ユキちゃんがそろそろいなくなるって時期がなんか分かってるということ。これもまた珍しい。

吉田　ですよね。上に上げてあげないとねとか、覚悟しなきゃいけないというか、期限つきの出会いというかね。

島田　例えばですけど、宇宙人とか、SF的にも捉《とら》えられる話なんだけど、でも、どうやら過去の人っぽいですよね。

もしかすると、このご家族をずっと守ってくれている縁の深い人物で、そのお母様たちも小さい頃その子と遊んでたことがあるのかもしれない。だからいなくなっちゃうタイミングもなんとなく知っていたとか。

西浦和也　イマジナリーフレンドとしては出ている期間が長いんですよね。周りもみんな見えてるっていうことは、あのやっぱり座敷童子的なものなんじゃないかなと。要はその家族に憑《つ》いているとか。家に憑いているわけではないんですけども、その家族だとか、そこの一族に憑いているものって見方をすると何となく腑《ふ》に落ちるのかなーっていう気はするんですよね。

牛抱せん夏 薦 怪談

牛抱せん夏【うしだき・せんか】

二〇一〇年、怪談師として活動をはじめる。幼少期に祖母や親戚に語り聞かされた怪談噺や自らの体験、取材を元にした実話怪談を中心に舞台やメディアで発表をしている。近年では古典怪談、こども向けのお話会、怪談本の執筆のほかYouTubeチャンネル「この世の裏側」を開設。老若男女問わずどの世代にもわかりやすく馴染めるコンテンツ作りに挑戦している。

深夜0時のタクシー

投稿者　ミヤカツ
語り　吉田《よしだ》悠軌《ゆうき》

ミヤカツさんという方から聞いたお話です。

中学校の三年生の時、ミヤカツさんは母子家庭で、母親の職場は夜勤が多かったこともあって、自宅がたまり場となっていました。

ある日いつものように仲間と家で集まって遊んでいると、午前0時過ぎに、自宅前にタクシーが停まりました。

「ありがとう……あぁ寒い」

外から、女性の声が聞こえてきました。

窓越しだったので、はっきりとは分かりませんでしたが、若い女性ではなく、落ち着いた中年女性の声のようでした。

「ヤバい、ミヤカツの母ちゃんが帰ってきた⁉」

「おい、声出すなよ。静かにしてじっとしてろよ」

囁《ささや》くような小さな声で、ミヤカツさんは仲間達に注意を促すと、息を潜めました。

過去、一度仲間と騒いでいるところを母親に見つかった結果、こっぴどく叱られて二度と夜集まらないと約束させられていたからです。

でも、しばらく待てども母親は家に帰って来ませんでした。

仲間のうち一人が「他の家に入ったんじゃないの？」と言いました。

ここは五軒が列《つら》なる団地で、どこの玄関が開いても音は聞こえます。

また、団地は坂をのぼった突きあたりにあり、後ろは山の切り立った斜面。この先に歩いていける道などないのです。

でも、さっき聞いた声の主はどこの家にも入った感じはありませんでした。
他にこちらに面した家もありませんし、道は砂利があるので歩くとじゃりじゃりと夜は音がする筈《はず》でした。

おかしい……。

変だなと思うことがそれからしばらく毎日続きました。
深夜二時過ぎに、タクシーが停まり、ドアが開いてバタンと閉まる音がする。
そして、「ありがとう……あぁ寒い」とつぶやく中年女性の声。

その時、季節は真夏でした。
シャツ一枚で、網戸で過ごしているのに寒い……？
うだるような熱帯夜なのに？
まったく同じことが繰り返された、七日目のこと。

毎晩同じ時間帯に降りて、一言をつぶやく女性の声がいい加減、誰なのか気になって動く事にしました。

深夜二時過ぎ、いつものように家の前でタクシーが停まりました。

「ありがとう……あぁ寒い」

声を聞くなり、「よし！　今だ！」と、仲間と一緒に急いで階段を駆け降り玄関へ飛び出しました。

タクシーは赤いテールランプを光らせて、遠ざかって行く途中で、辺りを見回しましたがどこにも人の姿は見えませんでした。

皆があれ？　っといった感じで立ち止まって、きょろきょろしていると、ざざざざざっと団地横にある急斜面の林の中で、何かが駆け上がるような音が聞こえました。

そこは、若い自分達どころか獣ですら登れないほどの急斜面で、夜は真っ暗で街灯もないような場所でした。

「なあ、こんな夜に動物ぐらいしか登れないような急斜面なんて、誰だって無理だよな。あれって、もしかしたら……」

あれってもしかしたら……の後の言葉を何故か言わず、仲間が黙り込んでしまいました。

みんな眠れず、部屋で話もせず解散になって、それぞれが朝方に帰宅しました。

ただミヤカツさんは、気になったのであの急斜面の場所を見に行くことにしました。

明るい日の中で見た急斜面は、とても人があんな速さで登れるような場所には見えませんでした。

やっぱり急斜面を登るのは無理だな……と思ったミヤカツさんは仲間を呼んで、昼過ぎに斜面周辺を散策することに決めました。

いったん団地の前の坂道を下ると、途中に老人ホームがあります。その敷地を横切った先に、裏山の頂上へと続く遊歩道が見つかりました。

そこを辿《たど》って登って行くと少し開けた場所に出たので、この辺りがおそらく登りきった所だろうということになりました。

小さな広場のような空間で、その周りを杉の木が取り囲んでいます。

何かないかみんなで探していると、「ウワァ!!」仲間の一人が叫びました。

慌ててミヤカツさん達が近寄ると、そこで見た物に息を呑《の》みました。


それは――

一本の杉の木に、二体の藁《わら》人形が打ち付けられていました。

なんだ、これ……。


木の周りには、五体の藁人形が散乱していました。

もしかして声が聞こえていたのは、これを打ち付けた奴の仕業だろうかと考えながら、ミヤカツさんは二体の藁人形を、木から外しました。

すると、不思議な事に真夜中のタクシーはそれ以来、来なくなったそうです。

それから二年後。

突然ソレは現れました。

夜中に、相変わらずミヤカツさんが、仲間達と二階の部屋で過ごしていると、何か聞き取れないくらい、小さな声が廊下からぼそぼそと聞こえてきました。

気になったので、開けっぱなしの襖《ふすま》から下を覗《のぞ》くと見知らぬ女が階段の踊り場に手をつき、こちらを見上げています。二十歳前後の若い女で、無表情のままじっと目を合わせているのです。

そのまま二秒、三秒と向き合っていたでしょうか。一瞬ゾクっとしたミヤカツさんでしたが、誰だコイツ？　と思ったら感情が恐怖から怒りに変わったそうです。

「お前、一体誰なんだよ、そこで勝手に何してんだよ！　おい！　無視すんな！」

罵声《ばせい》を浴びせながら近寄り、手が触れそうになった瞬間、その女は階段をすっと下り、玄関の外へと走っていきました。

慌ててこちらも外に出たとたん、ざざざざざざ……と二年前に聞いた、急斜面を登るような音がしました。

しまった、逃げられた。

ミヤカツさんは音を聞いて感じたそうです。

そして再び、以前、藁人形があった場所へ行ってみました。

そこには、あの時のように藁人形はありませんでした。しかし二年前と同じ杉の木を見ると、ただ一枚の紙が打ち付けられていました。

・全部お前のせいだ

これを書いたのが、幽霊なのか生きている人だったのか。

そして呪いのメッセージは、ミヤカツさんに宛てた物なのか、もしくは別の誰かに宛てた物なのか？
全てが謎のまま時は経過しているみたいです。

死者が彷徨うビル

投稿者　ハーフバック
語り　つまみ枝豆《えだまめ》

もう十年以上前になりますが、勤めていた漫画喫茶での出来事です。

そこは大阪の五階建てのビルで、階毎に一つずつ小さめの店舗が入っている、築年数が経過したテナントビルでした。

そのビルでは勤務し始めて数日後くらいから奇妙な怪奇現象が起こりはじめました。

毎日、出勤したら、店舗の鍵《かぎ》を開けて準備を行うことから仕事が始まります。

店舗の自動ドアの斜め前にエレベーターがあるのですが、その辺りをホウキではいていると必ず下からエレベーターが上がって来て、勤めていた店舗のある三階で停まってドアが開くのです。

ドアが開いても、誰も降りては来ない……そもそも誰も乗っていないのです。

それが毎日起きたのでさすがに気持ち悪くて、休憩時間に非常階段の踊り場で煙草を吸っている職場の先輩にそれを話したところ同じ体験をしていたようでした。

その時先輩が、私にこんな話をしてくれました。

「二、三年前、四階にはとても繁盛していた居酒屋が営業していたんだけど、居酒屋の店主がその店の売上をギャンブルにつぎ込んだ挙句、やがて借金で商売も上手く回らなくなってこのビルから飛び降り自殺をしたんだよ。で、その場所がこの三階と四階の間の踊り場なんだ」

先輩は話をつづけました。

「その後、四階には誰も店を構えることがなくなって、今ではほら、入り口には大きな鉄の扉で蓋がしてある。もしかしたら、自殺した店主が今でもエレベーターを使って決まった時間にこの階に来るのかもしれない」

そんな話をしていると閉ざされた大きな鉄の重たい扉が、少しずつギィイイイッと開いたのです。

「あっ」と驚いた瞬間、先輩が「まずい、早く逃げろ」と私を押して、三階の店の中に逃げ込みました。

凪は店舗の内側からは入らないし、それより鍵が閉まっているのですから扉が開く筈がありません。その時は体が震えて止まりませんでした。


それから、そのビルでは奇妙な現象が頻発するようになりました。

その気持ち悪さに、従業員も一人二人と辞めていきました。

私もこのままではまずいことになるかもしれない、やめようかと考え始めていたころでした。


出勤して、いつものようにエレベーターホールの掃除をしていると、いつもの時間に一階からエレベーターが上がってきました。しかし、いつもと様子が異なり、エレベーターは三階を通り過ぎ、四階まで上がっていきました。

(四階は誰もいないし、店も入っていないのに……)

そう思い、非常階段から四階部分を覗いてみました。
すると、踊り場で男の人が手すりにつかまって外を眺めていました。
あの場所は、確か居酒屋の店長が自殺した場所だ。
なんでこの人はここに来たんだろう。迷ったって感じはしないし、まさか……
と思っている時のことです。
男性は手すりから身を乗り出しはじめました。
「危ない‼　何してるんですか‼」
と叫ぶと、男の人は手すりから半分身を乗り出したままゆっくりと振り向きました。
その時の男の人の顔を見て驚愕しました。
だって、その顔が、私だったからです。
「うわぁ‼」
思わず叫んだ瞬間、男の人が踊り場から飛び降りたのです。
私も急いで非常階段を上り、下を覗きましたが、誰もいませんでした。
もうだめだ、辞めよう。これ以上ここに居たら、自分もあの世に引きずり込まれる……。
そう思って、その日限りでお店を辞めました。

牛抱せん夏㊖編　あとがたり

深夜0時のタクシー

島田秀平　タクシーの乗客が、夏なのに寒い、寒いと言ってい た。それは人間なのか、違うのか。そのあとに出てきた若い女の子も、人間なのかどうかすごい気になりました。

吉田悠軌　わからないんですよ。投稿者のミヤカツさんもわからない。ただ、後日談があるんです。ミヤカツさんが家に帰ろうとして坂道を上っていると友達のお父さんと行き会った。その時は挨拶して別れたんですが、家に帰ったあと、すぐにそこの家の息子、つまり自分の友達が原付で坂を上ってきて「お前が彼女連れてたって、おやじから聞いたぞ」って言ったんだそうです。「いや俺一人だよ」「いや俺のおやじが、お前にピッタリ若い女の子がくっついて、ニコニコニコニコ笑ってたって言ってたぞ」という会話があった。それが関係あるのかどうかはわからないけど。

島田　じゃあ女の子はこの世のものじゃなかったのか、とか考えちゃいます。

大赤見ノヴ　で、この丑《うし》の刻まいり。さっき話していたのがタイムリーで来たんで、マジで怖かったですね。

島田　間違いなく釘は刺さってたんですよね。

大赤見　で、「お前のせいだ」ですもんね。見ちゃったから呪いが成立しなかったんですかね。

吉田　それが自分宛てなのかどうかもわからない。二年のタイムラグがあるんでね。

島田　年代的に最初に出てきた方がお母さんで、お母さんが呪いを見られたことでいろいろあったからその娘さんにあたる若い女性が次に来たとか。

吉田　ただ、そのお母さんかもしれない中年女性っていうのは、その声しか聞いてないんで、実際には、ちょっと声がハスキーな若い女の人だったのかもしれないですけど。お母さんが亡くなったとかでミヤカツさんを逆恨みした娘さんが、っていうのはあるかもしれないですね。

牛抱せん夏　丑の刻まいりは「七日ルール」があるじゃないですか。七日間、誰にも見られないで釘を打ち付けることができれば、相手を呪い殺すことができるという。で、このお話でもちょうど一週間後ってことだったので、まさに七日目に見ちゃったということですかね。

吉田　あるいは七日目の翌日か、ただ、ざざざざって音がしているときに、姿は直接見てないけど、間接的には目撃されちゃってますよね。

牛抱　ちょうど最後の、成立したら相手を呪い殺すことができたところなのに、ミヤカツさんたちに最後の最後で見られちゃったので、今度は別の姿に変わって若い姿で現れたのかな。人間というよりなんかちょっとあやかしみたいな感じですけど、姿を変えて現れたんじゃないかなと。

吉田　若い女の方の話で、おかしいなと思ったのは、玄関を開け閉めしたら音がするはずなんですよ。正直ちゃんとした造りの建物ではないんで。音もなく、でも、ちゃんと玄関が閉まった状態で女は消えていたというと霊的に感じますよね。

島田　最初に来たのは人だったんだけれども次に来たのは人じゃないとかね。最初の人が呪いを成就させようと一週間頑張ってたんだけれども、見られてしまった。それで呪いが自分に返ってきて、もしかすると亡くなってしまった。だから今度は霊になって「お前のせいだ」って出てくるとか。

島田　この話、途中まで『平成狸合戦ぽんぽこ』的な、山の中にいるタヌキが人間に化けて、街に出てお金を稼いで山に戻ってくる、っていうような感じなのかなと思っていたら。途中から急ハンドル来たんですよ。藁《わら》人形が出てきたあたりで、あ、違うわと思って。

牛抱　終わり方がすごく想像ついて気味が悪い。四つん這《ば》いで登っていく感じがしたの、獣っぽいですよね。

響　仮にその最初の声の主っていうのが霊ではなくて生きてる人だとしても、おそらく何かに取り憑《つ》かれてる状態かなと思うんですよね。だからその「あぁ寒い」っていうのも、おそらくもう自分が何か取り憑かれてる状態。それこそ取り憑かれている状態の時って、人間ではできないような跳躍力を示したりもうすごい力で暴れ回ったりするので、森の中を動き回っている状態っていうと、何かが取り憑いてる状態なのでは。

島田　考えれば考えるほど不気味だし何なんだろうと思う。ちょっと後引きずる話ですよね。でも、そういう呪いの儀式って本当に行われてるんですね。丑の刻参りっていうとハードルが高い気がしますけど、縁切り神社って、いっぱいありますよね。京都にも有名な場所ありますけども。あそこの絵馬とか呪いの言葉を書くっていう、あれもある種の呪いだと思うんですけど、そうした場所も吉田さんは取材されたんですよね。

吉田　そうですね。毎年行っているスポットがあって、定点観測して、今年はどういうトレンドの縁切り絵馬があるかな、ホッチキス系かな、ピン系かな、燃やす系かなとかちゃんとチェックしてます。呪いの文言もね、結構どぎつい言葉が書いてあるんですけども、それに加えて呪いたい人、縁を切りたい人の顔写真を貼って、ブスブスブスブスッと穴開けたり、ホッチキスでガチャガチャガチャガチャッとやったり燃やしたり。

島田　前に、本物の縁切り絵馬の写真を、急に吉田さんが見せてきて「ワーッ」ってなったんです。ホッチキスの数もちっちゃい写真に百個ぐらい、ビビビビビビッて。呪いもトレンドというか、呪い方とか呪う文言も変わってきてるみたいですね。

吉田　そうですね。あと呪う対象も変わってきています。基本的にいつの時代も多いのはやっぱりお姑《しゅうとめ》さんがお嫁さんを呪うというパターン。息子についた、この女を追い払ってくださいとか。あとコロナとかもあるんでしょうけども、会社への上司の恨みっていうのが少なくなったかな。それまではそのパターンも結構トレンドとしてあったんですけど、会社の人間関係がリモートのおかげでちょっと減ったかなっていう。

島田　逆に例えばご近所さんへの恨みみたいなのは増えてきたりするんじゃないですか。

吉田　確かにそうですね。フェイスブックとかからプリントアウトしたのかな。いろんな写真を使って何枚にもわたってご近所さんを呪っていたケースがありましたね。

島田　いろいろな呪いを見たわけじゃないですか。中でもどぎついな、ちょっとこれはきついなって思ったやつあります？

吉田　再婚相手の連れ子への呪いですね。子ども相手に呪ってるのもきついし、写真で傷つけたりしていて。でもね、やっぱそれが一番エネルギーも強いんですよ。呪う度合いっていうか。文言もどぎついし、その写真の痛めつけ方もどぎついんですよ。それこそ丑の刻参りじゃないですけれども、木にお子さんの切り抜いた写真が釘でグサッて刺さってるのとかもあったし。

島田　確かに縁切り神社に行くと、とんでもない絵馬が飾ってあるんで禍々《まがまが》しいオーラが出てる感じするんですけど、それを書いている人は見たことないんです。やっぱり昼間に絵馬を買っといて、家とかで書いて夜掛けに来てるって事なんですかね。

吉田　そうですね。書いている人がいたらぜひ覗き込んで「あーいいっすねこれ」って見ていきたい。

牛抱　そういう縁切りの神社に吉田さんと行ったことがあるんですけど、そこがすごいところでした。ちょっと言えないところなんですけど、東京ではないところです。息子が帰ってきませんようにとか身内に対することと、あと知っている名前が書いてあった。それを見て「あーっ！」ってなりました。

吉田　知ってる名前ですよ。私たちが知ってる人の名前が書いてあって。一般女性が呪っているんですよね、多分。この中にいる人じゃないです。

牛抱　負のエネルギーを浴びちゃうから、あんまり長時間いられる場所ではないですよね。

吉田　でも結構いろんな場所で新規の縁切り神社とか縁切り寺ってできてるんですよね。やっぱり昔より需要が高まってるんでしょうね。私はいいと思うんですけどね、別に。ガス抜きになって、現実的に刺したりするのを予防してくれるという。

響　もしかしたら、今もそうかもしれないですけど、昔はそういうふうに機能していた場所なのかもしれないですね。

吉田　絶対なくなって欲しくないです。本当に。日本が世界に誇る文化なので誇りを持ってやっていきましょう。

死者が彷徨うビル

橋本梨菜《はしもとりな》　すごく聞き入っちゃいましたね。あと本当に最後のオチが全然想像と違って怖かったですね。

島田秀平　四階まで上がっていって身を乗り出してるとなると、あーそこで自殺をしてしまったあの居酒屋の店長なんだろうなって誰もが思うのに、振り向いた時に見えたのは自分の顔だったっていう。自分の未来を見せられてたんでしょうか。

つまみ枝豆　僕は自分自身の姿を見たことあるのね。かなり前だけど、かみさんと二人布団を並べて和室で寝てたら、なんか寝苦しかったの。ぱっと起きたら、かみさんは左側に寝てたんだけど、右側に誰か寝てたんだよ。あれ？　って思って、そーっと頭を動かしていったら、人が寝ているのが見えた。声を出さなかったんだけど、パッて見たら俺自身なんだよ。で、「うお！」って言った瞬間、フッと消えた。消えた瞬間に今度かみさんが「どうしたの？」って起きたから、これで言うとかみさんが怖がると思ったんで、「いやいやなんでもないんだよ」って言ったんだけど、それで起き上がったかみさんの後ろにまた俺自身がいたんだよ。そんでその後「うわー！」って言ったらまたフッと消えた。どうしてそういうのが見えたかは自分でもわからないんです。経験したことないから。長野に霊能者のおばあちゃんの知り合いがいて、僕すごい昔から仲良くしてるんだけど、そのおばあちゃんのところへその次の日電話をして、「どういうことなんだろう」って聞いた。そしたら「あんた、誰か身内で悪い、倒れた人とか病気になった人いない？」っていうから「いや、多分いないと思います。ちょっと実家に電話かけてみます」って答えて、次は実家に電話かけたんだけれど、お袋も「いやそんなことないよ」って言ってるから、なんだったんだろうなって思ってしばらくしたらうちの姉貴から電話かかってきて、僕が自分を見たときに、お父さんが脳溢血《いっけつ》で倒れたことがわかったんだよ。お袋は心配かけまいとして俺に言わなかったの。だから、あ、それを教えにきたのか。でもなんで俺自身の姿だったんだろうって思う。

島田　よく、自分自身の姿を見るっていうとドッペルゲンガー。自分が亡くなってしまうサインだと言いますけど。

つまみ枝豆　でも今思うと、自分の顔を見てまあ驚くことは驚いたんだけど、ものすごい寂しい顔をしてたんだよ。まあどんな顔って言われるとこんな顔だけど、俺にやられてもさみしそうには見えないでしょ？

島田　ただただ怖かったです。すみません、すみません。やめてください。泣いちゃった。

つまみ枝豆　怪談話って霊体験と違ってさ、霊体験って例えば、一人暮らしの人が部屋に帰ってドアを開けたら、暗闇の中の奥の方に白いやつがぼーって目を出すみたいな話じゃん。怖いでしょ。次の日に友達に「昨日帰ったら、ドア開けたら中に白いもんがぼーって見えたのよ」って言ったら、その聞いた人は「で？」ってなんのよ。オチがないと怪談話じゃないのよ。でも見た人は怖いんだけど、でも霊体験ってそうなのね。だから経験はしてるけどそれが怖いものかどうかって自分でもわからなくて。でもガキの頃なんか特にそうだけど、僕が見えていることはみんな見えてると思ってたからね。本当にそう思ってたから、ある程度の年になってから、「あれ？　何言ってるの？」って言われてから、「あれ？　皆に見えてないんだ」って思い始めた。だから血だらけだとか足がないとか目が飛び出してるとかいうものは一切見たことがなくて、いろんなパターンだけどちゃんと見えるときと薄く見えるとき白黒で見えるとき、今言ったようにぼやーっと白く見えるとき、あとオーブで見えるときっていういろんなパターンがあって、でもそれがそれぞれいつもと同じように見えるとは限らない。さっき話したみたいに自分を見たりとか。でもそれ以降は見てないし。

吉田猛々　たけし軍団の方とか、

例えば（ビート）たけしさんとかの周りで起こった霊的な出来事ってあるんでしょうか。

つまみ枝豆　もうだいぶ経ってるんで言うけど、たけしさんもほら、バイク事故を起こしたじゃない？　その時にたけしさんは本当にあの瀕死《ひんし》の重傷負って、まあ病院に運ばれた時もダメだって言われた。生死を彷徨ってこっちに帰ってきたんだけど、たけしさんにそのときのことを後で聞いたら、なんかどこだかわかんないんだけど、目を覚ますまで暗い道歩いてたんだ俺はって。歩いてるんだけど向こうにポツンと明かりがあって、重い体を動かしてそこにいくと、明かりの下にね、ゴミみたいなのがあったんだって。なんだこれって思って見てたら「北野武《きたのたけし》の着ぐるみ」だったの。なんだこのボロボロのやつはって言いながらそれを着たんだって。もしかしたらそのボロボロの着ぐるみを着たから、俺はこっち戻ってきたかもしれないってたけしさんは話してた。たけしさんは、それで生きるとか死ぬとかっていうことにすごい興味を見せ始めて、そっから映画を撮りだすんだけど。たけしさんクラスの人がおばけがどうのこうのってやっぱり言えないでしょうけど、でも何回かたけしさんってそういう体験をしてんの。俺には話をすんの。俺やっぱりああいう人たちもそういった感性はすごいんだろうなって思った。でも、そういう体験は多分みんなもあるんじゃないって俺はいつも思ってんのよ。こうやって何人かいる中に、一人生きている人じゃないものがいるとする。でも例えば彼女がそうだったとしても、普通にいるから周りの人は普通の人とみなすじゃない？　でも俺はちょっと違って、もう一回見るとちょっと薄くなっていったりするの。例えば渋《しぶ》谷《や》のスクランブル交差点でもそうなるの。でもそれをみんな見てるのかもしれない。みんな見てるけど見過ごしてるだけじゃないかなと思うんだけどね。

ガンジー横須賀㊙怪談

ガンジー横須賀【がんじー・よこすか】

茨城県出身。二〇〇〇年から地元の火葬場職員として十年勤める。一〇年、芸人になる為上京。「べっこちゃん」という男女コンビで活動。一八年、怪談最恐戦決勝出場。これをきっかけに怪談を始める。一九年、自身のYouTube「ピンポイントちゃんねる」開設。一九年、「べっこちゃん」解散。二二年、稲川淳二怪談グランプリ優勝。二三年、スリラーナイト歌舞伎町店怪談師として活動。

帰り道の公園

投稿者　ハル
語り　ガンジー横須賀

私が小学四年生の秋に、学校の帰り道で体験した話です。

その日は、学校近くの集合住宅に住む友達の家に寄って、一緒にテレビゲームで少し遊んでから家に帰ろうと思っていました。

ですが、あっという間に時間が経ってしまい、暗くなるまでには帰って来なさいと母に言われていたのに、気づいたら外が薄暗くなっていました。

しまったと思った私は、友達に「また明日」と別れを告げて、急いで帰り支度をして、友達の家を飛び出しました。

人も車の通りもない道を一人で進むのはとても心細く、怖かったので脇目も振らず私は帰り道の坂を一気に登り切ることにしました。

その後、家まで四分の三くらいの場所まで来た時です。

私は少し安心したのか、便意を催してしまったのです。

帰宅するまで我慢しようかとも思いましたが、私は我慢できず、コンクリートの階段の踊り場に沿うように造られた六十平米ほどの小さな公園で用を足すことにしました。


この公園は四方を木々で囲まれており、出入り口は階段の踊り場に繋《つな》がる通路ただ一つしかありません。

公共トイレもないため、私は鉄棒の後ろの茂みに入り、しゃがみ込んで用を足すことにしました。

茂みの向こう側からは、私の姿は全く見えなかったと思います。

しばらくしゃがんでいると、階段の踊り場から公園へ誰かが入ってくる気配がしました。

誰か来た‼　ここで用を足していることがバレたら怒られるかも……と思った私は、ズボンを上げた後も、息を潜めてじっとしゃがむことにしました。入ってきた人が立ち去るまで隠れていようと思ったのです。

五分ほどの時間が経ちましたが、思い通りに人が立ち去ってくれるわけもなく、茂みの隙間から目を凝らすと、大きな人影が茂みの向かい側、ベンチに腰かけている様子が窺《うかが》えました。

よく見ると、一人の背広を着た大人の男性のようで、頭を前に垂れて座っていました。

なかなか立ち去ってくれないなあ……と焦りつつ、屈《かが》んでいた体勢が少々辛《つら》くなってきた時です。体勢を変えるため、足の踏み場を変えた時に砂利を擦《こす》る音を少し出してしまったのです。

すると、前方に座っていた男性が突然、ガバッ！　と頭を持ち上げ辺りをゆっくり見回したのでした。

私は「やばい！　バレる！」と思い、より一層息を殺し、体をピクリとも動かさないよう静止しました。

すると、男性はベンチから立ち上がると公園の奥へ歩いていきました。


そこからさらに三十分ほどは待っていましたが、公園の奥からその男性が帰ってくる様子もなく、自分の位置からは見通せなかったため、いつ公園から出ていくべきか判断がつかなくなっていました。

すると不安から再び怖い考えが頭をよぎりました。

この男性はこんな時間に、暗い場所でなぜじっとしているのだろう？……と。

もしかすると自分がいることに気づいていて、出てきたところを捕まえようとしているのではないだろうか。

私は居ても立ってもいられなくなり、一か八か全力で茂みから飛び出して公園を出て、階段を駆け降りてしまおうと考えました。


いち、にの、さん！　で茂みを飛び出した私は、公園を出て階段を駆け降りました。それは無事成功しました。

特に追いかけられるわけでもなく、声を掛けられるでもなく、何事もなかったのです。

拍子抜けした私は、しばらくして足を止め、恐る恐る後ろを振り返り、公園の方を見上げました。

すると、そこには男性の後ろ姿があり、ゆっくりとこちらを振り向いてきたのです。

私は「やばい！　見つかる！」とまた怖くなって急いで自宅に帰って行きました。


翌日、集団登校で、近隣に住む同校の児童と並んで学校へ向かいました。その道中、昨日怖い思いをした公園の近くまで来た時です。

公園がブルーシートで囲まれ、警察官や鑑識のような人たちが大勢立っていました。

警察官の集団が立つ公園の入り口、階段の踊り場を通り過ぎる時、僕は見てしまいました。

まさに、昨日の背広を着た男性が担架に乗せられて運び出されるところでした。彼は亡くなっていたのです。

「いったい何があったんだろう」

そして、男性が、運び出される瞬間、急に強い風が吹いてブルーシートが捲《めく》れ、公園の奥が見えた時、ベンチの上の木からぶら下がったロープが見えました。

幼いながらも、私は直感しました。これは首吊《つ》り自殺なのだと。

それから約十年後、大学へ入学したころに当時の体験を母親に話した時、母親は不思議そうな顔をして「そんなことなかったわ。何を言ってるの」と言いました。

果たしてあの体験は私の記憶違いだったのでしょうか。それとも、夢だったのでしょうか。

フードを被った男

投稿者　槇《まき》村《むら》かおりん
語り　ガンジー横須賀

十三年前に、西池袋《いけぶくろ》から練馬《ねりま》の方へ引っ越し、そこで恐ろしい体験をしました。

物件は練馬区のマンションで築六ヶ月のワンルーム。

十階建ての七階、オートロック、テレビモニター付き、宅配ボックス付き、防犯カメラありで家賃六万九〇〇〇円（共益費別）。

これは良いな、と思い、即決でした。

でも、住み始めた頃は何もなかったんですが、二年をすぎ、契約を更新したある年のことです。

防犯カメラのモニターの設置場所に疑問を感じるようになりました。

普通、防犯カメラのモニターは管理人室などにあるのに、その物件は一階のエレベーターの扉の上にモニターがついているんです。

そのおかげで、上の階の住人で足音のうるさい人が女性だと分かったこともありました。

ということは、赤の他人でも、エレベーターホールで見ていれば、エレベーターに乗っている者が何階に住んでいるのか、またエレベーターを降りて左右に二世帯ずつある部屋の、どこに入るかが、分かってしまう状態でした。

ある日、エレベーターに乗って自分の部屋の階のボタンを押すと、閉まりかけた扉に体を挟まれながら、フードを被《かぶ》った男が乗り込んで来ました。

「なんで次に下りて来るエレベーターに乗らないんだろう」そう感じたのですが、急いでいるのかなと思って黙っていました。

男は、階数ボタンを押すこともなくスマートフォンを見ていました。

そして、私の降りる七階に到着したんですが、男が出入り口を塞《ふさ》ぐ位置にいて、扉が開いてもどかないので「あの」と声をかけたところ、スマートフォンから目を離さないまま、左に少しだけズレました。

仕方がないので、私は狭い隙間をすり抜けるようにして降りました。

私の部屋はエレベーターを降りて二、三歩の場所にある左側の部屋なんですが、私が降りた後もエレベーターの扉が閉まる音がしませんでした。

「え？　もしかして、ずっと何か待ってる？」

そう思って、三メートルほど先にある壁側へ行って部屋に入らず、男が去るのを待ったんです。

しかし、エレベーターは動かず、ずっと扉は開いたままのようでした。

角度のせいで姿が見えず、気配から感じた推測ですが、男は階数ボタンも閉ボタンも押さずにこちらを凝視しているように感じました。

そこで私は、持っていたスマートフォンに着信があったふりをして『何？　下に着いたの？』と大きめの声を出しました。すると男が閉ボタンを押したのか、エレベーターの扉が閉まり男は去って行きました。

エレベーターを降りた流れで玄関のドアを普通に開けていたら、どうなっていただろう。

しばらくの間、スマートフォンを握りしめたまま、心臓がバクバクしていました。


その半年後、パーカーのフードを被り、エレベーター内の監視カメラに顔が写らないようにしている男と、私の上の階の女性が乗っているのをモニターで見ながらエレベーターを待っていました。

すると、女性がエレベーターを降りた瞬間に、男がポケットからバタフライナイフをカチャカチャ音をさせながら取り出し、自室のドアを開けた女性をドーンッと部屋の中に突き飛ばすように押し込み侵入しドアを閉めました。

私は十秒ほどフリーズしてしまいましたが、震える手で110番に電話をかけました。

私の通報後、犯人は警察にすぐ捕まりました。

犯行動機は、どうやら怨恨《えんこん》とのことでした。


ちなみに上の階の女性ですが、担架で救急車に乗せられて行く際、ブルーシート的な物で隠されていたので、どうなってしまったのかは察していただきたいと思います。


その後、この事件についてネットで検索しても、何もヒットしないので何かしらの力が働いたのではないかと今も思っています。

犯行動機は、どうやら怨恨だと言われていましたが、私は怨恨ではないような気がしています……。

みなさんはどう思いますか？

帰り道の公園

ガンジー横須賀　「帰り道の公園」、ストーリー性がすごいですよね。しゃべっていて忘れそうと思っても次が出てくるというか。同じような自分の体験があるんですけど、このまま話していいですか。あの、僕のオヤジの話なんですけど、うちのオヤジがね、小学校の時に毎日遊んでたゆきまさという友達がいて。よく神社で遊んでたんですって。オヤジが彼に、ちょっと木登ろうぜ、って言って自分が先に木に登った。それで、「ゆきまさ、次はお前の番だからなぁ」と言って誘った。そしたらその友達がですよ。ロープを急に取り出してその木に引っ掛けて、そのまま首吊っちゃったそうなんですよ。オヤジも何が起こったんだ！　って小学校のときだから分かんない。大人が集まってきて。急にそんな首吊りの事件になった。ゆきまさはターザンをやろうとしているのかと思ったらしいんですよ、オヤジは……。そんな話があったんです。

フードを被った男

島田秀平　いくつか確認したいことがあるんですけど、やっぱりヒトコワのお話っていうことでしょうか。防犯カメラの位置がおかしいって話ありましたけど、エレベーターの天井付近にモニターがついていて、確かにエレベーターの中のモニターになっているのはよくあるじゃないですか。そうじゃなくて各部屋とかのいろんな場所の監視カメラのモニターがそこにいくつもあるって事なんですか。

大赤見ノヴ　これ、変ですよね。

オートロックの意味ないですよね。情報が筒抜けというかね。

島田　八階の映像が見えてたってことは、もしかしたら各階すべての廊下の映像とかが出てるってことなんですかね。そうするとすごい犯罪とかが多い地域の場所に建っているからとかっていうことなんですかね。おかしな人がいるなと思ってエレベーターを出た時に、すぐ部屋に入ったら部屋覚えられちゃうの嫌だなと思って、しばらく時間稼ぎしてたわけですね。でももしそうせずにそのまま部屋に入ったら、犯人と思《おぼ》しき男が中に入ってきてそこでナイフで……。

大赤見　最後の、検索してもこの事件ってヒットしないんですよ、っていう部分が、ちょっとヒントになってるんじゃないかなと思ったんです。偉い人が事件をもみ消したとか、情報規制かけられてる気がするんですよ。

島田　陰謀論とかで、ある一定層よりも上の選ばれし国民たちがそういうことでもみ消される、という話はありますよね。

吉田猛々　多分、殺す相手は誰でも良かったんであろうというところと、そういう何か誰かの力が動いてもみ消しているんだとしたら、誰でもいいけどとりあえず殺して、そこのマンション自体を事故物件にしたかった誰かがいるのかなとか思っちゃいました。

島田　価値を下げたいというか。

吉田　と思ったんですよ。でも最初の時点で破格で出されてるんですよね。そこの意味っていうのがどうなのか気になりますね。まあ治安が悪いから家賃が安いとかそういうことなのかな。

島田　だからこそ監視カメラとかモニターがたくさんあるとか。

吉田　でもあんまりそのモニターも意味がある感じではないですよね。何のためにそんなにあるんだろうっていうことを考えたりすると、難しいですね。

大槻《おおつき》ケンヂ　不可解なサスペンス映画みたいな感じですよね。たくさんあるモニターが何のためかわからないとか、フードを被った男とか。あとリサーチしても出てこない殺人事件であるとか、実際あったのかなかったのかっていうのが薄気味悪くて。一つ一つのパーツはあるけどそれが全部絡み合ってない部分が不思議な味を出す怪談だなと思いました。

川口英之㊗怪談

川口英之【かわぐち・ひでゆき】

ホリプロコム所属の怪談芸人。お笑いコンビ解散後に怪談の世界へ。現在は怪談ＢＡＲ「スリラーナイト」で怪談を披露したり、名古屋の民放五局が運営する動画配信サービス「Ｌｏｃ・ｉｐｏ《ロキポ》」で『もののけの迷い家』というオカルト番組も配信中。

溶接

投稿者　31T《サイト》
語り　川口英之

会社の工場で働いていた男性に聞いた話です。

その男性は仕事が終わった後、資格を取るために溶接の練習をしていました。

それは、仕事で余って捨ててしまった鉄くずの板を二枚合わせるという練習でした。

溶接は強い光を放つので、顔に覆う遮光板、いわゆるシールドを手に持ちながら行います。火花が飛ぶので顔をガードする、そして強い光から目を守る必要があるのです。

その日もいつものように片手にシールド、片手に溶接機械を持ちながら男性が溶接の練習をしていると、後ろからジャリジャリと足音が聞こえました。

誰かが自分の溶接している姿を見ているのだろうと思い、男性はそのまま溶接を続けました。

溶接は一回で端から端まで行う必要があり、そうした方が綺麗《きれい》に仕上がるので、途中で止めることをしなかったそうです。

広々とした工場で、事故やけが防止の為もあって、片付けられており、一瞬で隠れられるような場所はありません。


手元の溶接作業を続けていると、後ろからまた、足音が聞こえ出しました。

でも少し違ったところもありました。

先ほどは後ろで聞こえていた足音でしたが、今度は自分の周りを歩き回っているように聞こえたのです。

ジャリジャリ、ジャリジャリジャリジャリジャリ。

溶接中で、一点に集中しているため周りを見回すことはしませんでした。気が散ってしまうため、その時は少しイライラしていたそうです。

ジャリジャリ、ジャリジャリ、ジャリジャリジャリ。

ジャリジャリ、ジャリジャリ、ジャリジャリジャリジャリ。

自分の周りをぐるぐると歩き回る足音が聞こえている中で、溶接が端まで来たので手を止めると足音も消えていました。

誰が歩き回っていたんだとシールドを外して、周りを見たのですが誰も居ません。

不思議に思いながらも再び溶接を始めると、またジャリジャリと足音が聞こえ出しました。
「何だよもう」
今度はすぐに手を止めて、周りを確認してみましたが、やはり誰も居ませんでした。
そして、先ほどと同じように足音もピタリと聞こえなくなりました。
その日は不思議に思いながらも、仕事を終えました。
それから三日後、男性に母親から連絡が来ました。

それは、父親が死んだという知らせでした。

男性の両親は離婚して、別々に住んでいたのですが、警察の調べによると父親は孤独死で、約三日前に死んでいたそうです。

もしかすると、溶接の練習をしていた時に聞こえていた足音は、最後なので息子に会いに来た父親の足音だったのかもしれません。

虫の知らせというのは怖いイメージがありますが、私はこのお話はほっこりする良い怪談だと思いました。

江の島での断末魔

投稿者　yumily
語り　川口英之

私がこの体験をしたのは、十八歳の頃だと思います。

当時、私は霊感があったのか、幽霊の姿は視えないけれど、音や声は聞こえることがありました。


その頃、私と友達がよく遊びに行った場所が、神奈川県の藤沢江《ふじさわえ》の島《しま》でした。

今の江の島は綺麗に舗装されて、足場も良くなっていますが、昔の江の島は、島の洞窟《どうくつ》に行く方は、岩場も整備が充分でなく足元が危なかったのです。

それでも、洞窟に行く少し手前に下に下りられる階段があって、日中の潮が引いたときに磯遊びができるような場所があって、そこで私を含めた友達五、六人で花火をして遊んでいました。


そんな時、後ろの方から何か変な感じがしました。

なんだろうこの違和感。

落ち着かない気持ちでいると、岩場の上を濡れた足袋を履いて歩くような足音が聞こえてきました。

ぬっちゃぬっちゃ、ぬっちゃぬっちゃ。

ずっと足音が聞こえてきたので、

「釣り人が濡れた足で歩き回ってるのかな？」

と辺りを見回しても誰もいませんでした。

あの足音は何だったんだろう……？

もしかして来てはいけない場所に来てしまったのかも？　と思い、仲がよかった男友達の一人に話してみました。しかし、周りは楽しそうに遊んでいたので、こんな話で「この場の雰囲気を壊すのもよくないだろう」となって他の人には言えませんでした。

しかし、再び擦り足の音がぬっちゃぬっちゃと聞こえて来て、見えない何かが近づいてるような感じがして、その場から今すぐにでも立ち去りたいと思っていました。

そんな時に、みんなで記念に写真撮ろうよ~と誰かが言いだしました。

みんなで並んでカメラのシャッターをおそうとした瞬間に「きゃーー!」後ろの方から女性の断末魔のような悲鳴が聞こえました。

私はあんまりにも恐くって、友達の前で初めて泣きくずれていました。

周りは急に大泣きしている私に驚いていたようでした。

私以外の誰にも、女性の叫び声が聞こえていなかったんです。

その後、そこが自殺の名所で亡くなっている人が多い場所だと知りました。

それまでは音や声だけ聞こえるだけだったのに、そのことがあってから、私は霊の姿も見えるようになりました。

あの日、私は何かに後ろから抱きしめられるような感覚と、見えない顔が自分の顔の横にあるような冷たい感覚があったのを覚えています。

川口英之薦編　あとがたり

溶接

川口英之　「溶接」は怖さってよりは、本当にいい怪談だなと。お父さんが本当に会いに来てるっていう、そう思えてた方がなんかすごくいい怪談のお話になるんじゃないかなと。全然別に怪談ってね、絶対怖くしなきゃいけないっていうのはないと思うんで、感動する怪談とか、いいお話の怪談とかも全然あっていいと思うんで。僕も虫の知らせ体験したことがあるんです。僕の時は、母親が亡くなった日の朝に、自分が車に轢《ひ》かれちゃって、その車のナンバーが母親が亡くなった時間と一緒だったっていう。違和感というか、それに気づいていたら、もしかしたらなんか対処法があったんじゃないかなとかは、ちょっと思います。

　そういえば、僕が最近聞いて、すごいこれ好きだなって思った話があるのでご紹介します。

　あるお医者さんが、霊感というかちょっとすごい能力を持っている方らしくて。聴診器ってあるじゃないですか、診察するとき使うあの聴診器で患者さんの胸の音を聞いた時に、心臓の音、こうドックンドックンっていうのがまれに聞こえない患者さんがいるそうなんです。で、なんでだろうなとかって最初は思ってたそうなんですけど、その心臓の音が聞こえなかった患者さんは、確実に二、三日以内に亡くなるっていうんです。霊感じゃないですけど、なにか能力的なものがあるお医者さんが今もいらっしゃるっていう、そういうお話になります。

江の島での断末魔

牛抱せん夏　情景が浮かびますね。暗い感じの嫌な海の景色が、海の音が聞こえてくる感じがしました。自分が一緒にいるような感覚で怖かったです。

下《げ》駄《た》華《はな》緒《お》　海は、日本全国どこでもありますけれども、死者が海から来るっていう伝承はすごくあるので、そこにむやみに足を踏み入れるのはちょっと怖いなってなんか思いましたね。

大赤見ノヴ　僕、実際神奈川に住んでたことあったんで、江の島とかよう行ってたんです。江の島登って、で、頂上から裏側にちょっと下っていくと、まだそこに住んではる人とかいるんすよ、家があって。そこからちょっと細い道を下ると開けた岩場で洞窟とかがあるんですけど、僕そこで、一回見たことあるんですよ。その岩場でね、僕ら男五人ぐらいで普通にはしゃいでたんですよ。僕ともう一人の奴が見たんですけど。僕は、あの黒いトレンチコートを着た男性の後ろ姿が、遠くの岩場の方に見えたんですね。で、あれー、こんな人がここに一人で来るかな、と思ったんですよ。で、それを見てたら、どうやら友達も見えてるらしくて。「お前も見える？」って言われて。「うん、見えるでー」って。「おっさんやな」って。「うん、おっさんやね」って。で、「どんなやつ？」って。「ああ、黒いトレンチコート」って。「後ろ姿やんなぁ」って言ったら、「ううん、こっち見てる」って言うんですよ。おかしいんですよ。僕はその男性、後ろ姿で見えてんですけど、友達はこっち向いてるって言うんですよ。「違くない？」ってなったらめちゃくちゃ怖くなって。で、よう見たら、その黒いトレンチコート、岩の上じゃなくて、海の上にいるんですよ。幽霊なんやろなと思って、ああ止めよ止めよって遊ぶ場所を変えた、っていうのがあったぐらいの場所なんで、きっと霊が多いんだと思います。あの辺。

島田秀平　自分で命を絶ってしまう方が多い場所だって話、ありましたもんね。ところで話にでてきた足袋というか、濡《ぬ》れた、ぬっちゃぬっちゃっていう音、あれはなんなんでしょうね。

下駄　あれが一番僕の中ではうわぁっていうポイントです。リアルというか。足袋というのもやっぱり死に装束で足袋を履きますし。なんかやっぱり死者というイメージがあって。僕も最近聞いたんですが、小学校の低学年だった女の子の話があって。その方は今はもう三十歳くらいなんですけど、お父さんとすごく仲がいいんですよ、今現在。お父さんと実家に行ったら晩酌一緒にするぐらいの感じで。で、そのお父さんというのは、ちっちゃい頃からですね、もう手を全く上げない。全然そういう事しないという優しいお父さんだったらしくて。最近ほら、いわゆる虐待がどうとかそういうニュースがあるじゃないですか。それを見てその女の人が「最低だね」みたいなこと言ってたら、お父さんが「いや、実はな」って言って、「本当はお前を一回ぶったことがある」って言うんですよ。実はそれを覚えているんですよ、その女性の方。ミキさんって仮名にしますけど、その方がですね、小学校低学年のときに家族みんなで海に旅行行ったんですって。日本海側です。その車でおじいちゃん、おばあちゃん、お母さん、お父さん、で、そしてミキちゃん。で、みんなで行って。で、海水浴場、なんかね、当時もうパンパンで。なんか海の中だけど人が多すぎてプールみたいになってるのあるじゃないですか。当時からそういう状態で。駐車場もパンパンで、その駐車場に入れるためにもう車が並んでいる、みたいな。無理無理無理無理ってなって、ちょっと他のとこ探そうって言って探すんです。それでしばらく真《ま》っ直《す》ぐ行ったら、ちょうどいいところに砂浜があって。そこに行ったらもうプライベートビーチみたいな感じで。ミキちゃんとお父さんの二人でまあ海でわしゃわしゃやって。で、他のおじいちゃん、おばあちゃん、お母さんは浜辺で見てる、みたいな。ミキちゃんはスイミングスクールに行ってたらしくて、すごい泳ぎが達者やったんですって。しかもそこ遠浅なんすよ。全然深くないような海やったから、お父さんもちょっと油断して目離したんでしょうね。ミキちゃん一人でバーって泳ぎ出したら、お父さんがですね、「こっちこっち」となんか沖の方で言うんですよ。で、これぐらい、お父さんが立てる深さのところで「ミキ、こっちこっち」って言ってくるから、「お父さーん」ってバーッと泳いで行って、またお父さんが「こっちこっちー」というから、「お父さんお父さん」とさらに行ったら、ズボーって急に深みにはまったらしくて。で、すごくリアルなんですけど、「完全な海が見えた」とミキちゃんは言ってて。「遠くでアジの大群が見えた」って言ってたんですけど。めっちゃ怖いじゃないですか。それで溺《おぼ》れかけてうわーってやってるんですけど、その沖でお父さんが「ミキこっちこっち、こっちこっち」ってやってるんですって。あれ？　お父さんだってこの深さでしょ。おかしいじゃないですか。「えっ」と思った瞬間に後ろから、「ミキ！　こっちこっち！」急にもう怒鳴り声が聞こえて。「ええっ⁉」って思って見たら、砂浜の方でお父さんが「こっちこっちこっちこっち！」ってやってたんですって。で、それで「あれ？　お父さんはどっちなん？」ってなって、沖の方を見たら、そっちにいたお父さん、と思ってたのは、腐った人間みたいなもんで、その人みたいなんが、ポチャンって海の中に消えたって。そのまんま本当のお父さんところに、もう泣きながらうわーって泳いでいったらお父さんに思いっきりバーンッてぶったたかれて。で、お父さんは「お前なにしてんねん！」って言ったんです。それでミキちゃんがすごく大泣きしてたから、お父さんは自分が叩《たた》いたから泣いたんだと、今でも思ってるらしいです。

牛抱　下駄さんの話を聞いて、すごく似た海の話を思い出しました。九十九里《くじゅうくり》の方で、サーファーの方が体験したお話です。サーファーの方って基本的にすごく朝早くって、あんまり人がいない時間帯で何回か波に乗っているそうなんです。夏休み前の日なんですけど、時間がたつにつれ、親子連れですとかカップルが浜辺の方に集まってきて。ああもう人が増えてきたから、じゃあもうそろそろ帰ろうかなと思ったときに、後ろの方から子ども達が騒ぐ声が聞こえて。何だろうなぁと振り返ったら、ゴムボートに乗った数人の子ども達が、浜辺の方に向かって手を振ってるんです。あぁ、浜辺の方にいる家族に手振ってるんだなぁ、可愛いらしいなぁ。ちょっと微笑ましい感じで見ていると、なんとなく様子がおかしい。なんか叫んでる。「おかーさーん、おとーさーん」って言ってるんです。で、あぁそっか。手振ってるのかなと思いきや、そのうちに「たすけてーー！」って言ってるんですよ。みんな「たすけてーー！」って。あっ、なんかあったんだ。そこまで泳いで行くと、子ども達もう真っ青になってガタガタガタガタ震えてて。「どうした」って「ボートが動かない!!」「ボートが動かない!!」って言ってるんですよ。あっ、そうなんだ。スッと動かしたら、普通に動くんですよ。「動くじゃん、大丈夫じゃん」と言うと、「さっきまで動かなかったよなぁ！」ってみんなが「動かなかった、動かなかった！」ってもう本当にガタガタ震えて。で、何気なく見ると、ボートの横にロープがこう付いてるんですよ。だから、あっ、このロープがなにかに引っかかってるんだと思ってそのロープをこう手繰っていったら、真っ黒な髪の毛がブワーッて絡み付いていて。ものすごい量なんですって。で「うわあ、気持ちわるっ！　これはちょっと取ってやるからな」って言って、その髪の毛をぐるぐるーってやってポーンッて投げて、少し離れたとこ、水面にそれがポチャンと落ちた、そこに女の人の顔が浮かんできて。その女の人の顔と髪の毛が一緒にそーっと、海にポチャーンと消えてった、っていう。サーファーの方がそんな話をしてたので、水の中に消えていくとかが似てるなと。

でもすごいリアルな話ですね。

髪の毛って残るんですよね、亡くなってからも。

本書は、「初耳怪談」（テレビ大阪）に視聴者から投稿され、
出演者によって番組で語られた怪談を再構成の上、収録しました。

初耳怪談《はつみみかいだん》

2025年 3 月 1 日　初版発行

著／テレビ大阪《おおさか》

発行者／山下直久

発行／株式会社KADOKAWA
〒102-8177　東京都千代田区富士見2-13-3
電話　0570-002-301(ナビダイヤル)

印刷所／旭印刷株式会社

製本所／本間製本株式会社

●お問い合わせ
https://www.kadokawa.co.jp/（「お問い合わせ」へお進みください）
※内容によっては、お答えできない場合があります。
※サポートは日本国内のみとさせていただきます。
※Japanese text only

定価はカバーに表示してあります。

ISBN 978-4-04-115696-4　C0093